Funny van Dannen

Der Tag, als Rosie kam

WILHELM HEYNE VERLAG
MÜNCHEN

FSC
Mix
Produktgruppe aus vorbildlich bewirtschafteten Wäldern und anderen kontrollierten Herkünften
Zert.-Nr. SGS-COC-1940
www.fsc.org

Verlagsgruppe Random House
FSC-DEU-0100
Das FSC-zertifizierte Papier *München Super*
für Taschenbücher aus dem Heyne Verlag
liefert Mochenwangen Papier.

Taschenbucherstausgabe 10/2005

Printed in Germany 2005
Umschlagillustration und Umschlaggestaltung:
Nele Schütz Design unter Verwendung eines Bildes
von Funny van Dannen
Druck und Bindung: GGP Media GmbH, Pößneck
ISBN: 3-453-59007-4

www.heyne.de

Inhalt

Die Geschichte der Arbeit

Wie ich bereits in einer früheren Geschichte ausführlich aufgeschrieben habe, waren Adam und Eva gar nicht die ersten Menschen. Nun hat sich vor wenigen Wochen ein weiterer Irrtum aufgeklärt: Eva hieß gar nicht Eva, sondern höchstwahrscheinlich Elka oder Elke. Deshalb ist wegen der historischen Korrektheit in der folgenden Geschichte auch von Adam und Elke die Rede, soviel vorweg.
Als Gott die Welt erschuf, hatte er an alles gedacht, nur nicht an die Arbeitsplätze! Adam und Elke waren also von Anfang an arbeitslos und wußten gar nichts mit sich anzufangen. Den ganzen Tag hingen sie auf einem Baum herum und spielten mit seinen seltsamen Früchten. Nachts konnten sie vom vielen Rumhängen nicht einschlafen. »Warum fickt ihr nicht ein bißchen?« schlug Gott drum hin und wieder vor. Dann fickten sie ein bißchen. »Ach Scheiße!« rief Elke irgendwann nach Mitternacht. »Laß uns ein Arbeitsamt aufmachen, dann ist uns nie mehr langweilig!«
Also bauten Adam und Elke in den nächsten Jahren ein supermodernes Arbeitsamt mit Alpenveilchen vorn am Eingang und überall Salzstangen. Als alles fertig war, bezogen sie ihre Büros und warteten auf Arbeitslose von nah und fern.
Es kamen aber nur die Heiligen Drei Könige, mit denen wir ja bei der bisher gültigen Geschichtsschreibung erst viel später rechnen. Sie wollen Was-

ser für ihre Kamele und frische Peitschen für die Sklaven. Als sie wieder weg sind, haben die Kamele alle Alpenveilchen abgegrast. Auch Gott ist traurig. Er verspricht, neue zu besorgen und kommt am nächsten Tag mit Stiefmütterchen aus Afrika zurück. Naja.

Adam und Elke sitzen in ihren Büros und denken an die schöne Zeit auf den Bäumen zurück. Sie sehnen sich nach den seltsamen Früchten und werden melancholisch. Da wird es Gott zu bunt! Er schmeißt die beiden raus: Den ganzen Tag auf dem Arbeitsamt rumhängen und auch noch melancholisch werden! Haut ab und laßt euch hier nie wieder blicken!

Adam und Elke werden böse. Sie haben das schöne Arbeitsamt mit eigenen Händen aufgebaut und wollen es nicht verlieren. Sie spucken Gott vor die Füße, immer wieder, bis ihre Münder trocken sind und die Mundwinkel einzureißen drohen.

Herpesbläschen bilden sich auf ihrer Haut.

»Ihr habt Fieber!« sagt Gott.

Seine fiesen Tricks scheinen zu greifen. Adam und Elke fallen auf die Knie, und Gott lächelt zufrieden. Da hört er, daß die beiden gar nicht richtig beten, sondern immer nur ARSCHLOCH murmeln. Gott überlegt, wie er den Widerstand der beiden brechen könnte. Er zeigt ihnen herrliche weiße Strände, Luxushotels mit Delphinen (die damals noch an Land lebten) als Bedienung und Begleitung. Adam und Elke bleiben hart.

»Ich verstehe euch nicht«, sagt Gott. »Auf dem Arbeitsamt langweilt ihr euch zu Tode.«

Zu Tode?! Die beiden Menschen horchten auf.
Sie hatten noch nie etwas vom Tod gehört, und eigentlich hatte Gott damit noch etwas warten wollen. Nun war es ihm herausgerutscht! Er erklärte ihnen die Sache mit dem Tod, und Adam und Elke lachten sich schlapp. Sie spielten Totsein. »Das ist ja wie auf dem Arbeitsamt rumhängen«, rief Adam. Da hatte Gott die Schnauze voll von seinen Kreaturen. Er sprang in sein Solarmobil und ließ die Erde ganz schnell hinter sich zurück. Seitdem wird über seine Rückkehr spekuliert.
Adam und Elke aber stellten bald schon fest, daß sie, wie von Gott vorausgesagt, tatsächlich älter wurden.
Sie entdeckten ein Fältchen nach dem anderen und machten sich ernsthaft Sorgen, eines Tages wirklich tot zu sein.
Es waren quälende Gedanken, die sie verrückt zu machen schienen. Sie rannten auf eine Lichtung hinaus und fingen an, die Erde zu verhauen. »Drekkige Erde!« brüllten sie wie von Sinnen. »Gemeine Erde! Deiner Anziehung haben wir unsere Schwermut zu verdanken! Ohne dich würden wir fliegen wie Raketen oder kreisen wie die Geier! Sauerde! Schweineerde!«
Sieben Tage verprügelten Adam und Elke die Erde, und am achten Tag kam ein kleines Auto angerumpelt. Es war ein DAF. Ein kleiner Holländer stieg aus und schenkte Adam und Elke Gladiolensamen. Er zeigte ihnen, wie man den Samen in das lockere Erdreich steckt. Es waren schnellwachsende Turbogladiolensamen, und nach zwei Tagen war der

kleine Holländer wieder da, nun mit einem Truck. Er nahm die Gladiolen mit und gab Adam und Elke dafür je 500 Gramm geschnittenen jungen Gouda. Eine neue Welt tat sich für die beiden auf!
Nun war der Tod kein Thema mehr. Nach wenigen Wochen zogen Adam und Elke nach Belgien und fuhren nur noch zum Arbeiten ins Paradies. Das Arbeitsamt verkauften sie für viele Gulden an einen Lebensmittelmulti, der es zum Forschungszentrum ausbaute. An früher erinnern nur noch die Stiefmütterchen am Notausgang. Dort hängen auch zwei Bilder des niederländischen Minimalisten Jan van Houten. Das eine heißt ON, das andere OFF. Beide sind dezent signiert.

Leben in Amerika

Als Billy aus dem Fenster schaute, hatte es geregnet. Die Bäume waren naß und glänzten wie die Teufel. Er holte die Axt aus dem Schuppen und schlug die Bäume kurz und klein. Zufrieden kehrte er zurück in die kleine dunkle Küche, wo seine Frau mit Apfelmus spielte.
Wo warst du, Billy? fragte sie besorgt.
Ich habe die Kühe geohrfeigt, sagte Billy. Sie wollten nichts fressen! Ihre Euter schlenkerten schon dürr und leer von Ost nach West und umgekehrt!
Die armen Tiere! seufzte die Frau. Sie haben letzte Nacht geheult wie die Kojoten!
Was ist das für ein böser Zauber, Frau? fragte der Farmer.
Seine Frau schüttelte den Kopf mit den verführerischen langen Haaren, bis er sich darin verfing.
Laß das, Elsa! rief der Farmer. Wir haben keine Zeit für Liebe!
Arme Sau, erwiderte die Frau, und ging ins Bad.
Billy leckte das Apfelmus vom Bildschirm und vom Tisch, dann sah er wieder aus dem Fenster. Er sah die kleingehackten Bäume und die Kühe. Sie fraßen Äpfel und Birnen und Blätter. Elsa kam aus dem Bad. Sie duftete nach Heu und wollte in die Stadt.
Soll ich dir etwas mitbringen, Billy?
Ja, rief der Farmer, bring mir bitte ein neues Holzfällerhemd mit, denn mein altes ist schon durchsichtig.

Elsa stieg in den alten Vauxhall und verschwand in einer riesigen Staubwolke.
Der Vormann Joe kam aus dem Stall und schimpfte: Hey, Boß! Ihre Augen fallen ja bald aus dem Kopf! Sie sollten für ein paar Tage in die Berge, frisches Quellwasser schlürfen! Ich hab es selbst im letzten Frühjahr ausprobiert, kommt gut! Hilft gegen diese elenden Sinnkrisen und kommt gut!
Sinnkrisen? fragte Billy.
Der Vormann grinste: Hab ich aus der Werbung.
Spann mir die beiden Braunen an! befahl der Farmer.
Wir haben nur noch einen Braunen, gestand der Vormann. Die anderen hat Ihre Frau verkauft.
Dem Farmer wurde mulmig.
Sie hat den Braunen verkauft und ist in die Stadt gefahren, zählte er eins und eins zusammen. Hat sie mich verlassen, Joe?
Nein, beruhigte ihn Joe, der immer alles wußte. Sie will nur ganz viel Plunder kaufen!
O Gott! rief Billy. Hoffentlich keine Second-Hand-Scheiße!
Wenige Stunden später kam Elsa heim, den Pickup voller Second-Hand-Scheiße, darunter eine abgewetzte Geige ohne Saiten.
Die war für Billy. Er zertrümmerte sie sofort auf einem großen Stein, und weil es sich bei dem Stein um eine versteinerte Spieluhr handelte, erklang ganz leise die Shenandoah-Melodie.
Billy hörte sie sehr gut, und Elsa auch.
Joe und ein anderer Cowboy, ich glaube, es war Candy, hörten nichts.

Vergeblich legten sie ein Ohr an den Stein, und Elsa machte davon Fotos mit ihrer neuen Kamera.
Ich kann den Stein atmen hören, sagte der Cowboy. Es ist ein lebendiger Stein, aber von Musik keine Spur.
Taube Nuß! sangen alle, taube Nuß. Du bist der Mann, der Schnaps holen muß! Candy ging an die Oaktree-Bar und füllte vier Gläser mit Original Bluemountain-Grappa, und nun verschob die Zeit sich endlich in die Zukunft.
Joe zog seine Mundharmonika aus der Jackentasche und blies sich alles von der Seele.
Glaub mir, Billy, stöhnte Elsa. Ich wollte dich nie verlassen!
Schon gut, brummte der Farmer. Aber wo ist das verdammte Holzfällerhemd?
Sie hatten keins, sagte die Frau.
Sie hatten keins? brüllte Billy.
Er holte die Axt aus dem Schuppen, fuhr in die Stadt und schlug den Second-Hand-Shop in hunderttausend klitzekleine Stücke.
Und laßt euch das eine Lehre sein, schrie er, nächste Woche ist der ganze Laden voller Holzfällerhemden und Allman-Brothers-Platten!
Was ist denn das für eine Kombination? moserte die Inhaberin.
Sei still! herrschte Billy sie an.
Nein! schrie die schicke junge Frau. Mit einem Holzfällerhemd würde ich mir nicht einmal den Arsch abwischen.
In diesem Augenblick betrat der Sheriff den Laden und forderte Billy auf, die Axt fallen zu lassen.

Ich würde meine Axt nie fallen lassen, knurrte Billy.
Da erschoß der Sheriff ihn, ohne groß zu zielen.
Der Sheriff war Joes Bruder, und als der Vormann acht Wochen später Billys Witwe heiratete, gab es viel Gerede.
Aber das war alles Quatsch!
Der Sheriff war ein feiner Kerl. Sein einziger Fehler war, daß er die Leute zu schnell tot schoß, und dieser Fehler hatte ihm schon an die zwanzig Mal das Leben gerettet.
Die Hochzeit fand im Freien statt.
Unter dem alten Kastanienbaum hatte ein bestellter Wanderpriester seinen Altar aufgebaut. Er bestand aus unzähligen Hühnerknochen, hatte die Form eines Billardtischs und brach unmittelbar nach der Zeremonie zusammen.
Ein schlechtes Zeichen, rief der Priester. Wir müssen die Trauung wiederholen!
Er hob einige Hühnerknochen auf und wies das Hochzeitspaar auf seltsame Verfärbungen an den Knochenenden hin.
Bist du Priester oder Voodoo-Heini? fragte der Sheriff und erschoß den armen Kerl.
Joe und Candy schleppten ihn zum Fluß, ritzten mit ihren Messern noch JAMBALAYA in den Hintern und banden ihn auf einen Baumstamm. Dann kehrten sie zum Fest zurück.
Elsa und Joe blieben sich treu bis in den Tod. Sie wurden beide über siebzig und starben gleichzeitig an einem Sonntag im April. Elsa starb beim Staubwischen, und Joes Herz blieb im Sessel stehen. Die Bibel lag auf seinem Schoß.

Er hatte sich über Absaloms Haare aufgeregt, diese prächtigen langen Haare, die ihm schließlich zum Verhängnis wurden.

Der Tag, als Rosie kam

Wir hatten ein paar Sprudel in einer kleinen, hellen Bar an einer sehr belebten Straße eingenommen. Als wir zahlen wollten, fragte uns der Besitzer, ob wir nicht Lust hätten, die ganzen Wände vollzukritzeln. Wir sagten ja und kritzelten die Wände voll. Nachdem wir fertig waren und die Straße betreten hatten, bat uns ein lustiger Arbeiter doch schnell die Straße zu asphaltieren. »Okay«, sagte mein Freund Hans Dieter. Wir legten los, mit nackten Oberkörpern, und bevor der Tag sich neigte, waren wir bis zur Hose knackig braun. »Jetzt noch meinen blauen GTI auf rot umlackieren«, bat uns der lustige Arbeiter. »Von mir aus«, sagte ich, »wo steht die Schleuder?« »Vier Kilometer von hier in meiner Mietgarage«, sagte der Arbeiter, »da können wir zu Fuß hingehn.« Von wegen gehen! Wir rannten um die Wette und kamen Brust an Brust beim Auto an. Die Frau des Arbeiters schaute uns beim Sprühen zu und wurde ganz schön verlegen. Gegen Mitternacht verließen wir die beiden Richtung Bahnhof. Dort wollten wir Rosemarie, unsere beste Freundin, abholen. Sie war eine beliebte Dichterin. Wir freuten uns schon sehr auf sie. Während wir die Bahnhofshalle betraten, spürten wir sofort die herrschende Aufregung. Die Menschen flogen bleich, Blaulicht im Blick, an uns vorbei. Lautsprecher rauschten! Da ertönte die Stimme der Bahnhofsleitung: »Hans Dieter und Franz Joseph. Helft uns bitte! Der Intercity rast aus unerklärlichen Gründen mit Rekordgeschwindigkeit auf uns zu!« Wir sprangen in einen für uns bereitgestellten Helikopter und flitzten dem Todeszug entgegen, ließen uns über die Fallstrickleiter auf ihn fallen und entdeckten gleich den tückischen Defekt im Bordcomputer. Der Rest war reine Nervensache. Wir kletterten wieder auf das Dach des Zuges, und der Hubschrauber setzte uns gerade noch rechtzeitig vor der planmäßigen Ankunft des Intercity auf dem Bahnhof ab. Wir bewunderten kurz die kühne Glaskonstruktion des ultrapostmodernen Baus, lobten laut den Architekten und glitten katzengleich an den Riesenscheiben runter. Fast hätten wir vergessen, für Rosemarie einen Strauß violetter Gladiolen, die sie über alles liebt, zu kaufen, doch bevor wir die Treppe zu den Bahnsteigen erreichten, hielt uns ein Pakistani an. Wir nahmen seinen ganzen Strauß, und Sekundenbruchteile später konnten wir Rosemarie in unsere Arme schließen. Wir gaben ihr die Gladiolen. Sie war außer sich vor Freude und gestand charmant: »Ich habe aber auch etwas für euch. Seht mal! Es ist ein Gedicht, das ich gerade im Zug geschrieben habe.« »Wie heißt es denn?« wollten wir schon ganz begeistert wissen. »Harte Arbeit, ein Mordsspaß«, verriet sie uns. »Mensch, Rosie«, riefen wir fast unisono, »das trifft ja genau unser Lebensgefühl!« »Weiß ich doch«, sagte Rosemarie da richtig lieb, und wir schlenderten entspannt und Arm in Arm in Arm zum Taxistand.

Die roten und die blauen Hühner

Der Pfarrer von Deppendorf, ein gemeiner Mischling, halb aus Nürnberg, halb aus Fürth, hatte sich seinen Lebensabend wahrlich anders vorgestellt. Vom ortsansässigen Geflügelfuttergroßversand waren ihm ein kleines Fleckchen Erde und eine Handvoll Hühnereier mit der Bitte überlassen worden, sie doch selber auszubrüten. So legte sich der alte Mann die Eier in den Schoß, bedeckte sie mit seinen stark behaarten Händen und wartete geduldig, bis alle Küken geschlüpft und auf seine spitzen Knie gesprungen waren: Doch was für eine Überraschung! Die eine Hälfte der Küken war zinnoberrot, die andere himmelblau gefärbt! Der Pfarrer glaubte an ein Wunder der Natur und wollte es dem Dorf erzählen. Das hatte aber andere Probleme und ließ den Gottesmann im Stich. So wuchs das Federvieh heran, der Flaum fiel ab, die Färbung blieb, und es war nicht allein die Farbe, die die Hühner unterschied, oh nein! Es waren auch die Charaktere, wie der Pfarrer registrierte. Die Roten waren stinkend faul und legten nicht ein einziges klitzekleines Ei, und hätte eines es getan, die anderen hätten es vermopst, so aggressiv und uniform waren die roten Riesenfinken, daß der Pfarrer es nicht wagte, ihnen, wie den Blauen, Kosenamen aufzupropfen. Auch brauchten sie kaum Futter. Sie kamen scheinbar ohne aus, pickten den Blauen aber weg, was sie nur kriegen konnten. Zudem war ihre Kacke derart ätzend, daß die wunderschöne Wiese, die der Pfarrer für sie gepachtet hatte, schon bald vergessen und aus ihr ein Stückchen Wüste geworden war, die, wenn es regnete, zur saftigen Kloake anschwoll. Die Roten kratzten nie, und wenn sie mal ein Blaues ganz allein erwischten, pickten sie ihm die Augen aus und riefen: »Guck mal, wer da kommt!« Sonst standen sie nur rum und spuckten aus, wenn sich die Blauen näherten, die ihrerseits nicht einmal wußten, daß sie einen roten Kamm, doch dafür keine Haare hatten. Sie legten fleißig Eier, so viele, daß der Pfarrer davon Wäschekörbe voll nach Afrika und Polen schicken konnte, und sie sprachen fließend deutsch. Am Abend lauschten sie dem Pfarrer, wenn er mit ihnen schmuste und selber Gleichnisse erfand. Und hin und wieder warfen sie den Roten mitleidig blöde Blicke zu. Eines Tages, es war im Sommer 86, standen die Blauen dichtgedrängt am Zaun, um vom Pastor Schwarzwälderkirsch zu kriegen, die er extra für sie buk. Die Roten guckten gar nicht hin und pickten weiter kleine Steinchen. Das war das einzige, was sie zu interessieren schien, weshalb der Pfarrer sich auch dachte, daß ihr Leben trostlos sei. Und dennoch mochte er die Roten, ja, in seinen Träumen kam es sogar vor, daß er sie duzte und ihnen ganze Wagenladungen voll Sand besorgte, um sich beliebt zu machen. Oft sagte sich der Geistliche: »Idiot! Was soll der Quatsch! Die Blauen sind doch zehnmal besser!« Zumal die Roten ihn ja einmal sogar angefallen und ausgezogen hatten, nur um ihn mal nackt zu sehen. Das war ein Schock gewesen, damals, vor allem für die blauen Hühner. Sie hatten tagelang nichts essen wollen, manche hatten sich am Zaun erhängt, rückwärts zu Tode gescharrt oder sich den Roten ausgeliefert. Denn daß der Pfarrer anders aussah, war viel zu viel für sie gewesen. Sie fühlten sich betrogen, hatten sie ihn doch für einen Gott, den legendären schwarzen Hahn gehalten! Na ja, der Pfarrer hatte dann die Sache durch eine Notlüge noch mal retten können, doch wie die Roten seitdem grinsten, wenn sie ihn kommen sahen, quälte den Pfarrer ungemein, ja schmälerte sein Rentenalter. Wie kam es also, daß er die Roten trotzdem mochte? Das war doch mit der Bibel nicht zu erklären, es kam von tiefer unten, und das ahnte er bereits, wenn auch zu spät, denn schon zwei Tage später war er tot, und wer die roten Hühner sah, wie sie dem Sarg zum Friedhof folgten, wie sie beiläufig plaudernd die Waisenkinder spielten, der wußte, was es war: Sie waren einfach sexy.

Das alte Spiel

Ein Rollmops wachte eines Morgens auf dem Trottoir vorm Venus-Stübchen auf und konnte sich nur mühsam an die letzte Nacht erinnern. »Ein Glück, daß mein Kopf ab ist«, dachte er sich wegen des Riesenkaters und rollte an den Rand einer Pfütze. Er sah total kaputt aus, fransig und zermatscht, mit Knutschflecken am Hals. »Heh, Rolli!« rief ein leeres Fläschchen Schlüpferstürmer, das den Sturz aus dem Fenster auch überlebt hatte, »weißt du noch: letzte Nacht?« Der Rollmops richtete sich auf und sah die Mini-Flasche undeutlich auf sich zukommen. Er hätte schwören können, sie noch nie gesehen zu haben. »Was war denn letzte Nacht?«, fragte er die Flasche. »Tu doch nich' so«, sagte der Schlüpferstürmer grantig. »Denk doch mal nach! Wie fühlst du dich?« »Wie ausgekotzt!«, sagte der Rollmops. »Siehst du«, sagte der Schlüpferstürmer, »da liegst du gar nicht mal verkehrt.« Dem Rollmops wurde schlecht. Er konnte sich wieder an alles erinnern, an den Foxtrott, an die Lichter, an die schrägen Frauenstimmen, an die Finsternis, an das Gewürge und wie er durch die Luft gesegelt war. Und dann der Aufprall und der Glaube, tot zu sein. Doch er war nur total erschüttert und wußte nicht mehr, was er tat, als er die Flasche neben sich entdeckte und sich in sie verliebte. Er hatte ihr die tollsten Versprechungen gemacht, wie: »Ich bau dir ein Schloß in der Nordsee«, oder: »Ich füll dich wieder auf«, und jetzt stand die erwartungsvolle Flasche vor ihm und wartete auf seine Reaktion. »Hör mal«, fing der Rollmops an, »Ich war ja gestern ganz schön voll. Da sagt sich alles leichter! Aber heute sieht die Welt doch gleich ganz anders aus«. Die Flasche schwieg. »Schau dich doch mal um«, fuhr der Rollmops fort, »wo sind wir denn? Da vorne liegt ein Hundehaufen, da liegt noch einer, da liegt 'ne leere Schachtel LORD und da zwei faule Peperonis. Fehlt nur noch eine halbverweste Katze. Und was sind wir denn?« »Ausgekotzt und leer«, sagte die Flasche. »Na endlich«, grummelte der Rollmops und rollte in die Pfütze. Die Flasche heulte los. »Hör auf!« schrie der Rollmops. »Ich kann keine Flasche weinen sehn. Ich mach mich rasch ein bißchen frisch, dann kannst du mit mir kommen.« »Aber beeil dich«, sagte die Flasche, »da hinten kommt der Straßenfeger.« Der Rollmops sah erschrocken hoch: »Tatsächlich!« Da bog was Knallorangenes um die Ecke. »Nichts wie weg«, rief er, hakte den Schlüpferstürmer unter und verschwand mit ihm ins Venus-Stübchen, aus dem ein fetter Schlager quoll. »Was wollt ihr denn?« fragte der Wirt. »Ich bin kein Abfallfetischist.« »Macht nichts«, sagte der Rollmops, »wir wollen ja nur telefonieren.« »Habt ihr Geld?« fragte der Wirt. Der Rollmops wurde weinerlich: »Unser letzter Groschen ist weggeweht.« Der Wirt sah aus dem Fenster raus und grinste. Es war windstill, und die Sonne donnerte auf alles, was noch nicht im Schatten lag. »Tut mir leid«, sagte er dann, »mein Telefon ist kaputt. Aber wenn ihr etwas Zeit habt, zeig ich euch mein Pimmelbuch. Da sind alle Pimmel abgebildet.« »Alle?« fragte der Schlüpferstürmer. »Alle«, sagte der Wirt und ging nach hinten. »Los«, sagte der Rollmops zu seinem Kumpel, »laß uns abhaun. Hier stimmt was nicht!« »Was soll denn hier nicht stimmen?« wehrte der Schlüpferstürmer ab. »Oder hast du was gegen Pimmel?« »Quatsch«, sagte der Rollmops, »ich hätt ja auch gern einen.« »Na also«, rief die Flasche, »laß uns bleiben, so'n Angebot kriegen wir nie mehr.« »Na gut«, sagte der Rollmops, und sie setzten sich nebeneinander an den Tresen. Da kam der Wirt auch schon, doch ohne Buch. »Ich schaff's nicht«, sagte er, »das Album ist zu dick. Wir müssen es uns oben ansehen. Könnt ihr Treppen steigen, oder soll ich euch tragen?« Ohne etwas zu erwidern, zischten die zwei Freunde an dem Wirt vorbei und spurteten die Treppe hoch. Oben war es dunkel und unheimlich zugleich. Während die beiden noch japsend auf den Wirt warteten, fiel die Tür hinter ihnen zu, der Schlüssel wurde umgedreht, das Licht ging an, und der Wirt und seine Frau schnappten zuerst den Rollmops, fesselten ihn und legten ihn in einen tiefen, tiefen Teller, randvoll mit MEISTER PROPER. Dann fingen sie das arme Fläschchen, fesselten es auch und füllten es mit Klosterfrau Melissengeist bis zum Überlaufen. Das Fläschchen stöhnte qualvoll auf, der Rollmops krümmte sich vor Schmerz, während MEISTER PROPER die Wirtsmaske vom Gesicht riß und auch die Klosterfrau ihre Verkleidung in die Ecke feuerte. Dann ging die Party richtig los. Zum Gestöhne der beiden Opfer tanzte das perverse Duo bis in den frühen Morgen Foxtrott, ohne sich zu berühren, und bevor die Klosterfrau nach Hause fuhr, aß sie den eingelegten Rollmops und MEISTER PROPER trank den Melissengeist und warf das Fläschchen an die Wand. In tausend Scherben hätte es zerspringen können, doch es traf auf ein Vollgummibarometer und schoß von dort direkt in die Magengrube der Klosterfrau. Ein kurzer Brechreiz, und der Rollmops flutschte raus, und ehe er was sagen konnte, hatte ihn der Schlüpferstürmer aus dem Fenster geschmissen und war selber hinterher. Beide überlebten den Aufprall, und der Rollmops sah das Fläschchen an, verliebte sich und sagte: »Ich bau dir ein Schloß in der Nordsee.« Der Schlüpferstürmer lächelte: »Merk dir lieber den Trick mit dem Pimmelbuch, sonst geht die ganze Scheiße morgen wieder los.«

Die Tätowierung

»Warum willst du nichts mehr von mir wissen«, fragte Whitie seine Freundin Blacky Decker. »Weil ich mit dir extrem viel Scheiße verbinde«, antwortete Blacky, und Whitie mußte wandern. Jeden Abend holte er seine Platten in einer anderen Stadt aus dem Kofferraum und spielte sie den Jugendlichen vor. Es war'n die neuesten Platten aus Amerika, und Whitie wurde der berühmteste DJ auf dem ganzen Kontinent. Da stieß er einmal beim Verlassen einer Pizzeria mit dem Kopf gegen eine fremde Frau. Beide blieben bewußtlos liegen, und als Whitie wieder zu sich kam, war die Frau schon weg. Ihr Gesicht hatte sich jedoch im Augenblick des Zusammenpralls so tief bei Whitie eingeprägt, daß er sie nie mehr vergessen konnte. Er rannte also sein ganzes Leben mit diesem Gesicht auf seiner Seele rum, und als er mal beim Psychiater saß, der nebenbei auch noch Hellseher war, fragte dieser ihn: »Was ist denn das für ein Gesicht auf deiner Seele«, und Whitie sagte: »Das ist bei einem Unfall da hängengeblieben.« »Hängengeblieben?!« rief der Psychiater, »du Lügner! Das ist eine fantastische Tätowierung! Ein Meisterwerk! Ich kann ja jedes Härchen sehen und jede Pore!« Whitie starrte ungläubig in den offenen Mund des Psychiaters. Er war noch nie einem so faszinierten Menschen begegnet. Von dem Tag an war das Verhältnis zwischen den beiden ein ganz anderes. Sie sahen sich nun täglich, und täglich saß der Seelendoktor mit offenem Mund auf Whities Schoß und schaute sich die Augen aus. »Doktor«, sagte Whitie nach ein paar Wochen, »ihre Augen sind schon ganz glasig. Wir müssen etwas unternehmen!« Der Doktor winkte ab: »Ach was! Das ist doch alles wunderbar. Sobald du aus dem Haus raus bist, werden die Augen wieder klar, ich bin wie neugeboren und habe ungeheure Kräfte. Letzte Woche habe ich über 100.000 Kreuzworträtsel gelöst, und die Woche davor habe ich mir einen Traum von Bungalow in der fränkischen Schweiz gebaut, und jetzt hole ich mir bei einem alten Glasbläser den letzten Schliff. Dann will ich die Titanic in Originalgröße in Angriff nehmen, bis ins winzigste Detail, inklusive Mannschaft und mit allen Passagieren.« »Auch die Blinden?« fragte Whitie. »Logisch«, sagte der Psychiater. Whitie war von den Socken. »Das wird ja eine gigantische Metapher für die Zerbrechlichkeit des Daseins!« Der Psychiater nickte: »Und nebenbei stopfen wir den Amis ihre große Schnauze. Dann ist ihr Disneyland doch nur noch Dritte Welt.« Die Zeit war rum, und Whitie nahm sein Sakko von der Garderobe, zog sich die Schuhe an und sagte: »Tschüs, Herr Doktor.« »Auf Wiedersehen, Whitie«, sagte der Psychiater, »und denk dran: Morgen ist der Erste, neues Quartal.«

Memories in Dur und Moll

Beim Wändestreichen unterlief uns ein bekloppter Fehler. Wir überpinselten die Seelen unserer Ahnen, die uns bei der Arbeit zusehen wollten, und merkten es nicht einmal. Auch die Urahnen merkten es nicht. Ein Hilfsfachmann landete mit seinem Hubschrauber direkt auf unserem Dach und erklärte uns die Konsequenzen.

»Für eure Ahnen ist das nicht so tragisch. Sie haben kein Volumen und brauchen nichts mehr außer einem Plätzchen. Aber ihre Exkremente werden schön Blasen werfen. Eure Räume werden sich enorm verengen, und für eure Körper wird es bald unmöglich sein, sich in diesem Haus zu bewegen. Ihr müßt ausziehen!«

Wir bedankten uns beim Hilfsfachmann für die prompte Prognose und standen praktisch auf der Straße. Was tun?

Es war die Zeit der großen Umwälzungen im Osten. Und die Wohnungsnot im Westen ließ unsere Sehnsucht nach einem neuen Zuhause als kitschigen Ballast erscheinen.

Da rief uns Bongo an. Er hatte von einem Survivalkurs im Sauerland gehört. Wir sagten sofort zu.

Alles hätte so gut sein und noch besser werden können, als etwas Schreckliches geschah. Bongo wurde beim Austreten vom Blitz getroffen.

»Selbst schuld«, sagte der Kursleiter zu den sterblichen Überresten und wandte sich uns zu. »Wie oft soll ich es noch sagen? Nicht unter Eichen austreten! Buchen suchen. Birken finden. Linden. Pappeln. Haselnuß, hier kann jeder, der mal muß. Doch die gute deutsche Eiche sah schon manch' verdutzte Leiche. Merkt euch das, ein für alle Mal! So, und jetzt sucht eine Plastiktüte für die Asche.«

Alle schlugen sich ins Dickicht, kehrten aber erst am Abend entmutigt und zerstochen mit leeren Händen heim ins Basislager.

Kein Wunder. Erst am Wochenende davor hatten die Mini-REPS ihr traditionelles Spanferkelessen in der Nähe abgehalten und anschließend das ganze Sauerland gesäubert. Denn Umwelt ist ja überall.

Der Kursleiter stand vor einer schwierigen Entscheidung. Für den nächsten Tag hatten die Wetterfrösche orkanartige Stürme versprochen.

Bongos Asche mußte aber irgendwo verborgen werden, falls wir nicht riskieren wollten, daß sie in alle Himmelsrichtungen geblasen würde. Da half uns Irmi Schröder.

»Trainer«, sagte die junge Polizistin, die bei der Drogenbekämpfung schon allerhand gelernt hatte, »wir könnten unsere Anti-AIDS-Kondome mit Bongos Asche füllen und runterschlucken. Dann kann sie nicht mehr wegfliegen.«

»Klasse, klasse«, sagte der Kursleiter. »Aber riskant. Wir haben alle nur ein Kondom für den Notfall. Wenn das nun aber voll ist und auch nicht zur Hand, was dann, Irmi? Die Lust kennt kein Pardon. Die Seuche lauert auf Gelegenheit.«

»Aber der Wald«, wandte Irmi ein, »ist doch so menschenleer. Wir sind allein auf uns gestellt und haben doch ganz andere Probleme.«
»Allein…«, sagte der Trainer, »menschenleer… UND WAS IST MIT DEN TIEREN? Noch nie vom Sauerländer Bums-Eber gehört, vom Schnallenberger Dauer-Rammler, vom Lüdenscheider Fick-Hörnchen?«
Davon hatte niemand was gewußt.
Der Baggerführer Walter mischte sich ein. »Wir könnten die Asche doch verbuddeln. Und wenn der Kurs zu Ende ist, wird sie abgeholt und basta!«
»Verbuddeln ist gut«, sagte der Trainer. »Verbuddeln ist immer gut. Wir verbuddeln die Asche. Und legen auf die Stelle einen großen Stein.«
Alle waren einverstanden.
Bongos Asche wurde provisorisch verbuddelt. Einen Findling drauf, fertig!
»So«, sagte der Trainer, »und jetzt wird Feuer gemacht. Sucht morsches Laub und weiches Holz!«
Irmi rieb sich verwundert die Ohren. Hatte der Trainer wirklich morsches Laub und weiches Holz gesagt?
Da aber die anderen schon fleißig suchten, machte sich auch Irmi an die Arbeit.
Schnell war ein Haufen angehäuft.
Gespannt blickten alle auf den Trainer.
Gleich würden wir erleben, wie zwei geübte Hände auf primitivste Art und Weise Feuer machten.
Der Trainer holte ein Einwegfeuerzeug aus der Westentasche und zündete den Haufen an.
Entsetzen machte die Runde.

»Du dumme Sau«, sagte Walter langsam.
Und Erwin, der Feinmechaniker, wurde gleich grob. Er trat dem Trainer in den Hintern und verlangte sein Geld zurück.
Wind kam auf.
Der Kursleiter rappelte sich wieder auf die Beine und blies durch die Zahnreihen, daß es pfiff.
»Tut mir leid«, sagte er noch schmerzverzerrt. »Ich wollte euch wirklich nicht verarschen. Ich bin arbeitslos. Und meine Frau hat mich verlassen. Ich habe niemand mehr, der für mich sorgt. Da dachte ich…«
»Hör auf!« jaulte Walter. »Wir sind doch kein soziales Nest!«
»Netz!« verbesserte Irmi.
»Danke«, sagte Walter und fühlte sich gleich besser. »Wir sind doch kein soziales Netz! Wir wollen das Überleben lernen. Und zwar in einer EXTREMSITUATION.«
»Ich auch«, sagte der enttarnte Trainer.
Da traf Erwins zweiter Tritt.
»Hältst du endlich deine Fresse!« fauchte Erwin.
Und Walter rief: »Wir wolln an unsre Grenzen. Wir wolln uns selbst erfahren. Unsre nackte Existenz.«
Der Trainer wollte etwas sagen, Erwins dritter Tritt kam schneller. Und härter als die beiden ersten.
Der Trainer rührte sich nicht mehr.
Das Grüppchen stand um ihn herum. Und Irmi sagte: »Der ist hin. Wir müssen ihn verbuddeln.«
»Und wenn was rauskommt?« fragte ich. »Wir sollten es vertuschen.«
»Seht mal«, sagte Walter, »die dunklen Wolken.

Hört ihr den Donner? Das Gewitter ist nicht weit. Warum setzen wir ihn nicht unter eine Eiche?«
»Bongo!« erinnerte sich Heinz. »Der Blitz wird ihn wie Bongo treffen. Und wir sind alle Sorgen los.«
Er zog dem leblosen Trainer die Hosen bis auf die Knöchel runter und lehnte ihn an eine fette Eiche.
Der Donner kam näher, und die ersten Tropfen fielen.
Alle fanden unter einer Birke Schutz.
Doch, wie gesagt, es war die Zeit der Umwälzungen, der stetigen Veränderungen, der Unabwägbarkeiten. Wenige Tage, nachdem ein mittelmäßiger Mann namens Buster Douglas den unbesiegbaren Mike ›Iron‹ Tyson in der zehnten Runde fällte, fuhr im Sauerland ein Blitz in eine popelige Birke.
Der Förster Uwe Doppelkorn fand einen Tag nach dem Kampf fünf verkohlte Leichen. Und zwanzig Meter weiter einen Mann mit schweren Kopfverletzungen.
Erst zog er dem Verletzten die Hose hoch. Dann holte er Hilfe.
Der Trainer überlebte, hatte aber sein Gedächtnis eingebüßt. Weder Schocks, Hypnose noch andere Psychotricks konnten einen Hinweis auf sein früheres Leben zutage fördern.
Sein Foto wurde überall gezeigt.
Niemand meldete sich.
Nicht mal das Arbeitsamt.
So bekam der unbekannte Mann einen neuen Namen.
Durch Vermittlung einer Krankenschwester kam er bei einem Pharmakonzern als Pförtner unter. Die

Arbeit war nicht schwer, erforderte aber Geduld und Pünktlichkeit. Und Sitzfleisch.

Und ihr besonderer Reiz lag in den gegensätzlich sich ergänzenden Phänomenen des Kommens und des Gehens.

Die Goldfarm

Wenn ich heute an die Goldfarm denke, kommt mir vieles unwahrscheinlich vor, und das ist ja wohl auch so, nüchtern und bei Tageslicht betrachtet. Doch damals stand sie wirklich da. Ich ging hinein und fragte: »Kann ich eine Platte auflegen?« Der Farmer sagte ja und warf den Generator an. So einfach war das, aber nun der Reihe nach: Alles fing damit an, daß am Imbiß meines Vaters ein Verrückter auftauchte. Er hatte sich die Hosentaschen mit Roßkastanien vollgestopft und wollte zwei Buletten haben, natürlich umsonst. »Die Tiere haben Hunger«, sagte er unerbittlich. Mein Vater sah im Abfall nach und gab ihm die Buletten. Der Mann stopfte sie in die Hosentaschen und versank in einem Meer von Heiterkeit. So etwas hatte ich noch nie erlebt. Ich bat meinen Vater um eine freie Minute und folgte dem Verrückten durch die Straßen, was nicht so einfach war, da er ein kleines goldenes Fahrrad benutzte. Dieses Fahrrad war die Liebe, und er fuhr damit so langsam, daß ich rückwärts gehen mußte, um ihn nicht zu überholen. Das ging nicht gut. Ich fiel auf meinen Hinterkopf und schrie vor Schmerz. Der Mann bemerkte mich und setzte sich zu mir, das heißt, nicht ganz: Er legte seine Hände neben meinen Kopf, seine abgeschnittenen Hände. Eine Hand lief schnell davon, und in die andere warfen viele Menschen Münzen. Ich sang so schöne Lieder. Nach kurzer Zeit war die Hand schon überhäuft. Ich kaufte für das Geld der Hand einen Pulswärmer. »Was soll ich denn damit?« fragte sie mich entrüstet. »Für den Fall, daß du einen neuen Körper findest«, sagte ich, »wäre das ein himmlisches Geschenk.« »Ich suche keinen Körper«, gab die Hand zur Antwort, »Körper machen nur Schwierigkeiten.« Dann zeigte sie mir den Weg ins Universum, und ich gelangte zu der besagten Goldfarm, legte eine Platte auf und begrub den Farmer, der gestorben war, im Eichenwäldchen, welches die Goldfarm tarnte. Alles war fantastisch furchtbar. Beim Rasieren sah ich mein Gesicht im Spiegel und erschrak: Meine Augen waren ganz kaputt. Was war passiert? Ich versuchte mich zu erinnern: Ach ja, ich hatte meinen Blick für die Realität schärfen wollen, dabei mußte es passiert sein. Ich rief die Werkstatt an: »Bitte schicken Sie jemand mit ein paar neuen Augen vorbei. Ich kann nicht kommen. Niemand soll mich so sehn, und Sonnenbrillen sehn immer so schwer nach Popstar aus und gleich zwei Augenklappen, nee, ich bin doch kein Piratenfan. Billig solln die Augen sein, ich bin ja arm, und glotzen muß ich damit können!« Ein Lehrling kam und setzte mir zwei Kuhaugen ein. Ich legte mich auf die Veranda und lauschte dem Gezirpe der Insekten, der Urquell des Vertrauens sprudelte in meiner Brust, wenn man das so sagen kann, und in der Nacht machte der erste Bodenfrost irgendwie alles zunichte, mein Vater gab mir seinen Imbiß und ging zur BVG, die Goldfarm war verloren, nur der Verrückte kommt noch täglich, verlangt die zwei Buletten und bezahlt am Monatsende mit Tulpen aus Amsterdam.

Das Schnitzel

Im Metzgerladen MARK & KNOCHEN waren alle voll schockiert. Ein Schnitzel hatte die Verkäuferin T. von hinten angegriffen, als sie neues Schabefleisch aus dem Kühlraum holen wollte. Erst der Metzger selbst und seine Frau, die der Verkäuferin sofort zu Hilfe kamen, konnten das Schnitzel überwältigen und es der Polizei gefesselt übergeben. Für die Presse war das Schnitzel natürlich eine Sensation. Jeden Tag schmückte es die Titelseiten, jeden Tag gab es neue Enthüllungen, die in der Nachricht gipfelten, der Metzger hätte das Stück Fleisch Zigeunern abgekauft und daß es höchstwahrscheinlich nicht vom Schwein, sondern von Kampfhunden stammte, die das fahrende Volk einem unbescholtenen Nachtklubbesitzer gestohlen hätte. Auch die Verkäuferin Karin T. äußerte sich dahingehend, daß möglicherweise ein bislang unbekannter Virus das Fleisch befallen habe, und diese Vermutung fand in der Öffentlichkeit enorme Beachtung. Der STERN nahm die Verkäuferin aufs Titelbild, nur notdürftig bekleidet, zwischen den Brüsten ein Riesenschnitzel und darunter blutrot die bange Frage: »Wer frißt hier wen?« Hätte nicht der Bundeskanzler selbst, auf Druck der Fleischerinnung in einer Fernsehansprache an den gesunden Menschenverstand appelliert, die Verdienste insbesondere des Jägerschnitzels um das Ansehen Deutschlands im Ausland hervorgehoben und im

Anschluß daran selber eines, wenn auch kleines, fachmännisch paniert, gegessen, die Hysterie hätte möglicherweise bedrohliche Ausmaße erreicht. Zumal am Vortag der Fall eines hinterhältigen Hüftsteaks bekannt wurde, das einem Kleinkind in den Mund gehüpft war mit der Absicht, es zu töten. Nur dem Schäferhund Erwin und seiner Geistesgegenwart war es zu verdanken, daß die Mutter ihr Kind nach einem kurzen Auslandsaufenthalt wieder wohlbehalten in ihre Arme schließen konnte. Sechs Wochen nach dem Vorfall, der Sommer war nun fast vorbei, konnte Karin T. wieder hinter dem Verkaufstisch Platz nehmen, wenn auch erstmal nur bei Wurst und Käse. Bis sie wieder Fleisch anfaßte, sollten noch Monate vergehen. Das Schnitzel wurde wegen versuchter Körperverletzung zu sechs Monaten Gefängnis verurteilt, wobei die Untersuchungshaft angerechnet und der Rest der Strafe wegen mildernder Umstände zur Bewährung ausgesetzt wurde. Unter anderem werteten die Richter die ständige Nachbarschaft zu englischem Rindfleisch als strafmildernd. Außerdem klang die Behauptung des Schnitzels, es habe sich durch die langen, lackierten Fingernägel des Opfers akut bedroht gefühlt, glaubwürdig. Auch das Gutachten eines Mediziners half dem Schnitzel: Er stellte chronische Blutarmut und damit verbundene schwere Kreislaufstörungen fest, wodurch die psychische Belastbarkeit auf ein Minimum gesunken sei und damit auch die Zurechnungsfähigkeit. So war die Sache für das Schnitzel nochmal glimpflich abgelaufen, und sie sollte sich sogar als Glücksfall erweisen, denn Hollywood war dadurch aufmerksam geworden, und das Schnitzel debütierte neben Arnold Schwarzenegger in ***The Schnitzel Total Recall Part II***, und das war nur der Anfang einer typisch amerikanischen Karriere.

Die letzte Praline

Die Hausfrau Else Schtreng hatte beim Spargelputzen zufällig die Luke zum Nirvana aufgestoßen und sie vor Schreck gleich wieder zugeknallt.
Kreidebleich ging sie ins Wohnzimmer, setzte sich in den Fernsehsessel und massierte ihre weichen Knie.
»Komisch«, dachte sie. »Da passiert mir endlich mal was Ungewöhnliches, und ich verlier die Nerven.«
Sie nahm die Fernsehzeitschrift zur Hand, um sich die Bilder anzusehen.
Da hörte sie ein leises Stöhnen.
Erst dachte sie, es sei ihr Mann, der, vom Orgasmustraining kommend, im Flur verschnaufte.
Aber nein! Das Stöhnen kam ja aus der Küche.
Sie stand auf und ging der Sache auf den Grund. Es war der Hausmüll.
»Bring mich runter Else«, bat er. »Ich halt's hier nicht mehr aus.«
»Der Eimer ist noch gar nicht voll«, sagte Else. »Glaubst du, ich hab nichts Besseres zu tun, als meinen Müll zu verwöhnen?«
»Ach Else«, bat der Müll, »hau mich doch in die Tonne. Dann hast du drei Wünsche frei.«
Else Schtreng mußte lachen.
»Willst du mir weismachen, du seist ein verwunschener Prinz?« spottete die Frau.
»Nein«, sagte der Müll. »Ich bin kein Prinz.«
»Na bitte«, sagte Else und schlug den Deckel zu.

»Else!« rief der Müll. »Wenn du mich nicht runterbringst, kriegst du nie mehr Post von Horst.«
»Hör auf, mir zu drohen«, zischte die Hausfrau, »sonst zeig ich dich an wegen Hausfriedensbruch.«
»Bitte«, rief der Müll, »von mir aus! Dann wird die Presse sich endlich mal mit mir beschäftigen.«
Else begriff, daß sie gegen den Müll keine Chance hatte, nahm den Eimer und leerte ihn draußen aus.

Die Sonne hatte ihren höchsten Stand erreicht. Der Wind fuhr leicht und unbeteiligt durch die zierlichen Robinien, die Elses Garten schmückten, und ihr wurde leicht ums Herz.
»Gut, daß ich an die frische Luft gegangen bin«, dachte Else und lauschte dem Gesang ihres arbeitslosen Nachbarn, der seinen Taubenschlag sanierte.
Else lief ins Gartenhaus, legte ihre Beine hoch. Sie schloß die Augen und entspannte sich.

In diese Idylle dröhnte das Gebrüll ihres Mannes.
Sie hörte die schnellen Schritte. Dann stand er, außer Atem, auch schon vor ihr.
»Was ist geschehen?« fragte die Hausfrau ruhig.
Augenblicklich übertrug sich ihre Ruhe auf den fassungslosen Ehegatten.
Er flüsterte: »In unserer Garage steht ein fremdes Auto.«
»Was für eins?« fragte Else.
»Ein abgeleckter Audi«, sagte Hans.
Else verzog ihr heiteres Gesicht: »Ein abgeleckter Audi?«
»Ja«, meinte Hans. »Ist das nicht widerlich?«

»Und ob«, rief Else. »Wir müssen ihn sofort verkaufen.«
»Was glaubst du denn, wer einen abgeleckten Audi kauft?« erwiderte ihr Mann.
»Dann verschenken wir ihn eben«, sagte Else.
»Den will auch niemand geschenkt!« rief Hans.
»Psst!« flüsterte Else. »Sollen alle wissen, was los ist? Laß uns ins Haus gehen und weiter überlegen.«
Sie hakte Hans unter.

Drinnen angekommen, brachen beide in Tränen aus.
»Wir warten, bis es dunkel ist«, schluchzte Else. »Dann fahren wir ihn in die Stadt und lassen ihn einfach stehen.«
»Bist du wahnsinnig!« schrie Hans. »Mit einem abgeleckten Audi in die Stadt, da bring ich lieber jemand um.«
»Hans«, rief Else. »Das ist ja die Idee. Wir bringen einen um, setzen ihn ins Auto und fahren in die Stadt.«
»Wir zwei mit einem Toten in einem abgeleckten Audi in die Stadt?« rief Hans. »Dann hör ich lieber mit dem Rauchen auf.«
»Hans«, rief Else. »Das wird ja immer besser. Wir bringen einen um, setzen ihn ins Auto, fahren in die Stadt, und du hörst mit dem Rauchen auf.«
Hans ging in die Küche und holte sich ein Bier.
»Das wird nicht einfach«, knüpfte er wieder an.
»Was ist schon einfach?« fragte die Hausfrau rhetorisch.
Hans steckte sich eine an und blies den Rauch unter den Tisch.

»Wen könnten wir denn umbringen?« grübelte er.
Else schwieg und trank ein Schlückchen Bier.
Es klingelte.
Die Hausfrau ging zur Tür und öffnete. Sie blickte auf den Wachturm in der Hand des blonden Zeugen und sprach: »Sie schickt der Himmel, junger Mann. Treten Sie ein.«
Kaum hatte der ahnungslose Besucher das Wohnzimmer der Eheleute Schtreng betreten, rempelte Else ihn so kräftig in den Rücken, daß er mit der Schläfe auf die Kante des Fliesentisches schlug.
Er war sofort tot.
Hans, der auf Nummer sicher gehen wollte, warf sich mit dem Heizkissen auf den leblosen Körper, um ihn zu ersticken.
Dabei riß er die Bierflasche vom Tisch. Sie zerbrach und fügte Hans eine tiefe Schnittwunde am linken Bizeps zu.
»Los«, rief Else. »Mach schnell!«
»Ich blute«, sagte Hans. Else gab ihm ein Tempo.

Im Schutz der Dunkelheit schleppten sie den Leichnam in die Garage und fuhren mit zwei Autos in die Stadt. Hans im eigenen und Else mit dem Toten im abgeleckten Audi. Den Audi parkten sie vor einem Pornoschuppen.

»Na bitte«, sagte sie auf dem Nachhauseweg. »Ist doch prima gelaufen.«
»Ja«, sagte Hans. »Aber das Tempo ist durchgeweicht. Ich muß am nächsten Kiosk halten und zum Verbinden eine Illustrierte kaufen.«

»Da ist schon einer«, rief Else.
Hans sprang aus dem Auto und in den 24-Stunden-Shop.

Da hörte er die Stimme seiner Jugendliebe Karmen:
»Eh, Hans! Was machst du denn hier?«
»Karmen«, rief Hans. »So eine Überraschung! Ich dachte, du hast Biologie studiert?«
»Hab ich«, sagte Karmen. »Aber nach dem Studium hab ich umgesattelt und...«
»Karmen«, unterbrach sie Hans, »ich bin in Eile.«
Er kritzelte ihr seine Adresse auf eine überregionale Tageszeitung, schnappte sich seine Illustrierte, legte einen Zehnmarkschein auf den Tresen.
»Stimmt so. Schau doch mal vorbei.«

Im Auto wickelte er das bunte Blatt um seinen Oberarm und erzählte Else vom unverhofften Wiedersehen.
»Sie hat sich kaum verändert«, sagte er mit einem Hauch von Wehmut.
»Glaub ich nicht«, frotzelte Else und nahm ihm die Zigarette, bevor er sie anzünden konnte, aus dem Mund.
»Else«, sagte Hans. »Sei nicht so hart. Die eine noch und dann ist Schluß.
»Nein«, erwiderte Else. »Es war so abgemacht.«

Zu Hause angekommen, machten sie es sich vor dem Fernseher bequem. Sie genossen den inzwischen legendären Musikantenstadl aus Cottbus.
Kurz vor dem Finale klingelte es erneut.

Hans öffnete die Tür und taumelte zurück. »Wie habt ihr mich gefunden?« fragte er.
»Ganz einfach«, sagte der eine Polizist. »Wir haben eine Spur verfolgt. Aber am Kiosk verlor sie sich.«
»Ihr meint wohl meine Blutspur?« folgerte Hans.
»Blutspur?« fragte der zweite Polizist.
»Ja«, sagte Hans. »Ich hab doch jede Menge Blut verloren.«
»Wieso?« fragte der Polizist.
»Die Flasche«, sagte Hans. »Sie kippte in der Hektik um.«
»Was für eine Flasche?« wollten die beiden wissen.
Hans steckte sich eine an und erzählte die ganze Geschichte vom abgeleckten Audi.
»Wahnsinn«, sagten die Beamten. »Wahnsinn!«
»Ja«, sagte Hans. »Aber wie zum Teufel habt ihr mich gefunden?«
Der eine Polizist fing noch einmal an: »Wie schon gesagt: Wir standen vor dem Kiosk und mein Kollege meinte: ›Laß uns doch DIE PRALINE kaufen.‹ ›DIE PRALINE?‹ fragte ich. ›Die find ich immer noch am besten, meinte er.‹ Na ja, er hat kein Abitur. Ich ließ mich also darauf ein und fragte nach der Zeitschrift. Die Verkäuferin sagte: ›Das tut mir aber leid. Die letzte Praline bin ich vor ca. 2 Minuten losgeworden. Aber Sie haben Glück. Ich kenne den Mann, der sie gekauft hat. Vielleicht hat er sie ja schon ausgelesen.‹ Sie gab uns die Adresse. Na ja, den Rest kennen Sie.«

Else kam in den Flur.
»Frau Schtreng?« fragte der eine Polizist.

»Ja?« sagte Else.
»Ihr Mann hat Fieber. Der Unfall hat ihn mitgenommen. Er phantasiert. Sollen wir einen Krankenwagen rufen?«
»Nicht nötig«, sagte Else. »Ich hab noch ein paar Zäpfchen da. Auf Wiedersehen und vielen Dank.«
Sie schloß die Tür und nahm Hans die Zigarette aus dem Mund.

Im Swimmingpool der Zeit

Immer wenn die Abendmutter auf ihren Kontrollgängen am kleinen Spirituosenladen von Joe Bürobedarfsky vorbeikam, konnte sie nicht widerstehen und klopfte kräftig mit der Faust gegen die hellblauen Rolläden, bis sich im Innern etwas regte.

An jenem Abend aber regte sich nichts. Auch nicht, nachdem die große Frau mit Fußtritten nachgeholfen hatte. Alles blieb still. Sie preßte ihr linkes Ohr an das kühle Aluminium der Front und lauschte angestrengt.
Das Pochen ihrer Schläfen ließ kurz die Illusion von Schritten aufkommen. Doch dann blies ihr Verstand das Fünkchen Hoffnung fort. Der Spätnovemberwind scheuchte es in die Weite des schönen Universums und pfiff ihm lustig hinterher.

»Joe«, flüsterte die Abendmutter. »Mach auf. Ich weiß, daß du da bist.«
Nichts rührte sich.
»Dann geh ich eben hintenrum«, sagte sich die Abendmutter. Sie stieß die schwere Haustür auf und gelangte durch den kalten Riesenflur in den ordentlichen Hinterhof. Durch das vergitterte Fenster versuchte die Abendmutter einen Blick in Joes Küche zu werfen.
Die Küche war dunkel.
»Hihi«, klang es gespenstisch durch die Nacht.

»Da kichert doch jemand«, sagte die Abendmutter und drehte sich um.
Niemand zu sehen!
»Hihi«, kroch es erneut in die abstehenden Ohren der genervten Frau.
»Kein Schnaps heut Nacht. Kein Schnaps heut Nacht. Der Schuppen hier ist dicht gemacht!« sang jemand falsch, doch mit Gefühl.
»Wer bist du?« rief die Abendmutter.
»Mäcki«, hörte sie ein Stimmchen, so fein wie Wolframdraht.
»Wo bist du, Mäcki?« fragte die Abendmutter und blickte umher.
»Hier unten«, hörte sie das Stimmchen rufen.
Da erblickte sie zu ihren Füßen eine violette Nacktschnecke.
Erleichtert ging sie in die Hocke.
»Mäcki, was ist geschehen?« fragte sie das Tier. »Ist Joe was zugestoßen?«
»Er ist verhaftet worden«, flüsterte die Schnecke. »Er soll einem Kunden mit einem Schweizermesser die Rübe abgehackt haben.«
»Joe soll einem Kunden die Rübe abgehackt haben?« rief die entsetzte Abendmutter. »Das kann nicht sein. Er ist zwar unberechenbar und neigt zu Handgreiflichkeiten, aber Splatterfilme verabscheut er aus tiefstem Herzen. Das hat er oft betont.«
»Die Beweise sprechen gegen ihn«, unterbrach Mäcki. »Hauptkommissar Blötkontainer hat ihn auf frischer Tat ertappt. Blötkontainer betrat in dem Augenblick den Laden, als Joe die Klinge seines Messers an der SUPERILLU sauberwischte, die

das Opfer noch mit beiden Händen fest umklammert hielt. Joe gab zu Protokoll, das Opfer hätte, weil er sich geweigert habe, ihm zuzuhören, mit der Zeitschrift auf ihn eingedroschen.«

»Er hat die Tat gestanden?« fragte die Abendmutter bestürzt.

»Nicht direkt«, sagte Mäcki, »aber den Gebrauch der Tatwaffe.«

Die Abendmutter seufzte.

»Das hört sich gar nicht gut an«, sagte sie und sah die Sterne an.

»Sag mal Mäcki«, fuhr sie nach einer Weile fort, »wie gut kennst du Joe? Glaubst du, er hat's getan?«

»Ich kenne Joe sehr gut«, begann die Schnecke. »Er hat mir oft über die Straße geholfen. Jeden Abend, Punkt acht, hat er für mich ein Schälchen DANZIGER GOLDWASSER in den Hof gestellt. Da hinten in die Ecke, damit es niemand sieht. Er ist mein bester Freund. Wenn er die Tat begangen hat, verstehe ich die Welt nicht mehr.«

»Wieso?« fragte die Abendmutter.

»Wieso?« rief Mäcki aufgebracht. »Ein so lieber Mensch wie Joe hackt doch keinem anderen die Rübe ab!«

»Tierliebe ist nicht gleich Menschenliebe«, belehrte die Abendmutter den Gesprächspartner. »Und außerdem: es würde passen.«

»Passen?« ereiferte sich Mäcki. »Zu was?«

»Es paßt in unsere Zeit«, fuhr die Abendmutter fort. »Sie ist voller Widersprüche und Vieldeutigkeiten. Gut und Böse sitzen im selben Boot. Die Reichen rudern mit den Armen, weil sie dem Wasser nicht weh tun wollen. Die Armen kacken in die Fluten, weil sie kein Geld für sanitäre Anlagen haben.«

»Logisch«, sagte Mäcki, »wer Schulden hat, ist schuldig. Aber ich verstehe nicht, was das mit Joe zu tun hat.«

»Warte«, sprach die Abendmutter. »Jemand, der Autos liebt, haßt doch nicht automatisch Menschen, obwohl er sie gefährdet.«

»Aber Schnecken«, warf Mäcki ein, »die haßt er ganz bestimmt!«

»Schwachsinn«, sagte die Abendmutter. »Es hat wohl keinen Sinn, sich mit dir über so komplexe Themen zu unterhalten.«

»Ich will mich gar nicht unterhalten«, sagte die Schnecke eingeschnappt. »Ich will Joe helfen. Er ist unschuldig. Du weißt es ja so gut wie ich.«

Die Abendmutter schämte sich.

Auch sie hatte das sichere Gefühl, daß nur eine Verkettung von unglücklichen Umständen ihren Freund in die Bredouille gebracht hatte. Doch war sie bereit gewesen, ihn zu verdächtigen. Die Treue Mäckis ließ sie wieder zu sich kommen.

»Ich werde diesen Kommissar suchen«, sagte sie leise. »Ich werde mit ihm reden und wenn nötig die Sache selber in die Hände nehmen.«

»Halt mich auf dem laufenden«, sagte die Schnecke.

»Mach ich«, sagte die Abendmutter und verschwand mit schnellen Schritten, denn ein neuer Tag brach an.

Jesus und das fremde Mädchen

Es war der dreiundzwanzigste.
Ein Donnerstag, der sich langsam verabschiedete, um alles weitere der Nacht zu überlassen, die sich schnell und unbeirrbar mit leisen Schritten näherte.

Da kam jemand, der schneller war, der Licht und Schatten überholte. Hauptkommissar Hansi Blötkontainer.
Bei der Verfolgung eines Gangsterduos war er auf dem Rücksitz seines Dienstwagens eingeschlafen. Er wachte auf und stellte fest, daß sein Benzin gestohlen war.
Die Welt ist noch schlechter, als sie sowieso schon ist, kritzelte er schnell ins Tagebuch und machte sich dann mit dem Reservekanister auf den Weg.
Zwei Stunden irrte er nun schon durch die fremde Stadt. Aber einer offenen Tankstelle war er nicht begegnet.
Seine Beine wurden müde. Es war nur sein ungebrochener Fortschrittsglaube, der ihn weitertrieb.

Inmitten einer ungepflegten Grünanlage stieß er auf einen jungen Mann. Er lag träumend im Gras.
Der Kommissar zog seine Dienstpistole und rief: »Aufstehn!«
Der Kerl erhob sich nach und nach, und Hansi forderte ihn auf, sich auszuweisen.
Heraus kam, daß es sich bei dem vermeintlich Obdachlosen um den legendären Drogenabhängigen Conny Kramer handelte.

Alle hatten ihn für tot gehalten. Alle waren auf den Schlager reingefallen, den er wahrscheinlich selbst geschrieben hatte und der ihm über die Jahre hinweg ein sorgenloses Dasein gesichert hatte.
Hansi konnte sein Glück kaum fassen.
»Schade, daß Schimanski nicht mehr lebt«, dachte er laut. »Dem hätten vor Neid die Arschbacken vibriert!«
Eine Kopfnuß traf ihn am rechten Ohr.
Er fuhr herum und sah sich einer Gruppe von Mofarockern gegenüber.
Hansi Blötkontainer wollte schon in putativer Notwehr handeln, da rief der Bandenchef: »Halt, Herr Kommissar! Machen Sie keine Dummheiten. Wir sind das internationale Dopingkomitee!«
Hansi ließ die Waffe sinken.
»Prima Tarnung, Jungs!« sagte er anerkennend. »Schaut mal, wen ich aufgestöbert habe.«
Er zeigte auf den jungen Mann und sagte: »Conny Kramer!«
Der ganze Haufen applaudierte und ließ Hansi hochleben.
»Aber die Kontrolle«, sagte der Vorsitzende, »Herr Kommissar, muß leider sein. Wir haben zufällig unsere Röhrchen vergessen, aber...«
»Macht nichts«, unterbrach ihn Hansi, schnappte den Reservekanister und pinkelte ihn randvoll.
Wieder applaudierten alle.
»Den da«, sagte der Vorsitzende und zeigte auf Conny Kramer, »übernehmen wir. Bringen Sie die Urinprobe aufs nächste Polizeirevier.«
»Geht in Ordnung«, sagte Hansi und sah dem

Dopingkomitee und seinem großen Fang noch eine Weile hinterher.
»Ach, würden alle doch so gut gelaunt und zuverlässig ihre Arbeit tun«, seufzte er noch und machte sich zufrieden auf den Weg.

Die Morgensonne blinzelte ihm zu. Der nächste Sondereinsatz wartete schon ungeduldig. Hansi hatte seinem Vorgesetzten versprochen, einer unlauteren religiösen Sekte auf die Schliche zu kommen, die in der Nähe von Osnabrück ihr Unwesen trieb.

Gegen Mittag fuhr er mit seinem schwarzen SPACEWAGON die Landstraße entlang.
Als er an einer von weißen Birken umstandenen Bushaltestelle vorüberfuhr, bemerkte er ein langhaariges Mädchen.
Es winkte.
Hansi schaltete sofort.
»Eine hübsche Anhalterin in einer so kargen Landschaft ist doch ein gefundenes Fressen für jeden abartigen Eisverkäufer«, rief er und hielt den Wagen an.
Er öffnete die Tür und sagte: »Hallo, schönes Fräulein. Wo soll's denn hingehn?«
Das Mädchen sah ihn mit ihren großen, braunen Augen an und flüsterte: »Der Weg ist das Ziel.«
»Aha«, dachte Hansi, »eine intelligente Ausreißerin!«
Er räumte den Proviant vom Sitz und sagte: »Steig ein.«

Sie sagte: »Danke schön«, zog ihren Duffle-Coat aus und machte es sich bequem. Sie durchwühlte auch das Handschuhfach.
Das Mädchen blätterte in Hansis Reisepaß und fragte: »Heißt du wirklich Jesus?«
»Paß her!« brüllte Hansi. »Das ist meine Privatsache.«
»Entschuldige«, entgegnete das Mädchen, »ich wollte dir nicht zu nahe treten. Aber so einen originellen Namen gibt es doch wirklich selten. Hast du ihn aus der Bibel?«
»Ach was!« brüllte Hansi. »Den Namen gab mir meine Mutter. Sie hat ihn als Kind mal in der Kirche aufgeschnappt und verband damit wohl etwas. Das ist schon lange her.«
Er nahm den Paß und legte ihn zurück ins Handschuhfach.
Das Mädchen setzte sich gerade hin.
»Ich muß zu einer alten Freundin«, sagte Hansi. »Sie lebt alleine, wie ein altes Meerschweinchen in einem Wald bei Osnabrück.«
»Glaubst du, sie kann dir ein paar Tips geben?« fragte das Mädchen altklug.
»Tips?« fragte Hansi. »Wie kommst du denn darauf?«
»Tips kann doch jeder gebrauchen«, sagte das Mädchen, drehte den rechten Außenspiegel durch das offene Seitenfenster in ihre Richtung und kontrollierte ihr Makeup.
Hansi sagte: »Ach so!«
Ein gelber DIN A4 Bogen kam ins Auto geflogen, und das Mädchen rief: »Was ist das denn?«

»Ein Flugblatt«, sagte Hansi überlegen. »Ein frisch kopiertes Flugblatt! Fühl mal, es ist noch warm.«
Das Mädchen drückte den Bogen an ihre linke Wange und genoß die leichte Wärme.
Als sie verflogen war, las sie Hansi den Text vor.
Wie Hansi vermutet hatte, handelte es sich um ein weiteres Machwerk jener Sekte, die er sprengen sollte. Wie üblich forderte die Sekte die christlich-soziale Umwälzung der Gesellschaft, und zwar durch konsequente Vereinsamung eines jeden einzelnen nach dem Motto: Nur allein bist du dein und Gottes Baby obendrein!
Das Mädchen mußte lachen.
Hansi wurde böse.
»Wie heißt du eigentlich?« fragte er ungewollt.
»Linda«, sagte das Mädchen.
»Und weiter?«
»Linda Light.«
»Hört sich nach Künstlername an«, sagte Hansi abschätzig.
»Ich war mal Tänzerin«, erklärte das Mädchen.
Hansi sagte: »Linda! Die Sache ist sehr ernst. Schon viele haben sich über diese Sekte lustig gemacht. Aber gerade diese Einladung zum Lachen ist der erste Schritt in die Verharmlosung. Und die führt geradewegs in die Abhängigkeit. In die selbstgewählte Isolation. Schau dich nur mal um! Die virtuellen Klöster haben enormen Zulauf. Immer mehr Menschen ist geselliges Beisammensein ein Greuel.«
»Jesus«, unterbrach das Mädchen, »mal den Teufel doch nicht an die Wand. Das Leben schillert in so

vielen Farben. Und ist es nicht gerade diese Buntheit, die uns fasziniert? Was soll die Panikmache?«
»Panikmache?« schrie Hansi.
Seine Gedanken überschlugen sich.
Vor lauter Aufregung hätte er fast den falschen Weg eingeschlagen.
Er riß das Lenkrad herum und blieb noch sieben Kilometer auf der breiten Straße, bevor er in den Fuchsweg einbog.
Der Fuchsweg mündete in die Hasenscharte, einen ehemaligen Trimmpfad, den nun die Brombeersträucher überwucherten.
Hansi hielt den Wagen an, zog die Zündschlüssel ab und sagte: »Wir sind da.«

Der Pseudo-Unfall

Die Hütte Elviras lag auf dem Venushügel, einer mittleren Erhebung.
In grauer Vorzeit diente der Hügel den dort ansässigen Bauern als Fluchtburg. Durch die jahrtausendelange Benutzung war er jedoch zur Mulde degeneriert.

Hansi und Linda stiegen die steinernen Stufen hinab und gingen an der rostigen Gartenlaube vorbei zum Hintertürchen. Einen anderen Eingang gab es nicht.
Die unverhofften Gäste betraten aufgekratzt Elviras Küche. Elvira schreckte gerade Eier ab.
Nachdem die herzliche Begrüßung in der stillen

Heiterkeit, die den kleinen Raum erfüllte, untergegangen war, bot die Einsiedlerin den Gästen ein Glas mit Wasser an und ging Holz hacken.
»So ein schönes Waldhaus hab ich ja noch nie gesehn!« staunte Linda. »Ganz aus Aluminium, so sachlich kühl und bei aller Askese doch volkstümlich.«
»Du meinst das große Designer-Hufeisen über der Hintertür?« fragte Hansi.
»Ja, ja«, ereiferte sich seine Begleiterin, »aber auch die Totenschädelchen auf dem Gewürzregal. Und der überdimensionale Bleistift neben dem Einkaufszettelblöckchen über der Tiefkühltruhe. Da stehen alle Telefonnummern der wichtigsten Regierungschefs drauf. Sollen wir mal einen anrufen?«
»Ach«, sagte Hansi, »die sind doch alle auf dem Wirtschaftsgipfel im Grödnertal.«
»Aber ich könnte auf dem Anrufbeantworter eine Nachricht hinterlassen«, warf Linda ein.
»Elvira hat kein Telefon«, sagte Hansi schließlich. Er ergriff die Hand der jungen Frau und zog sie an die frische Luft, wo sie der blonden Einsiedlerin bei der Arbeit zusahen.

Elvira hackte rasend schnell.
Die Scheite flogen durch die Luft. Die Späne spritzten seitlich weg, und da passierte es.
Elvira hatte sich zu einem Marienkäfer, der sich auf einem Holzstück ausruhte, heruntergebückt und ihm den alten polnischen Kinderreim ins Ohr geflüstert: *Marienkäfer, flieg in den Himmel und bring mir ein Stück Brot, sonst schlag ich dich gleich tot.*

Wegen ihrer höllischen Hackgeschwindigkeit kam ihr Kopf nicht mehr rechtzeitig hoch und sie schlug ihn sich glatt ab.

Hansi und das Mädchen setzten den Kopf sofort wieder auf den Körper.
Aber beim Versuch, die hysterische Frau ins Haus zu tragen, fiel der Kopf immer wieder herunter, und der Gesichtsausdruck verriet bei jedem Aufprall Elviras letzten Willen: Laßt meinen Kopf bitte liegen und gebraucht den eigenen!
Hansi interpretierte die extreme Mimik seiner alten Freundin und Geliebten aber falsch und verstand: Warum kümmert sich denn keiner um meinen schönen Körper?
Er lud ihn gleich in seinen Space-Wagon, vergaß das fremde Mädchen, raste los und erreichte noch vor Sonnenuntergang das CRAZY-LOVE-MOTEL.
Linda ging zurück ins Haus und stopfte die blutigen Kleider in den Papierkorb.
Sie öffnete Elviras Kleiderschrank und suchte sich was Hübsches aus. Vor dem Anziehen duschte sie sich ausgiebig und legte sich zum Entspannen auf Elviras harte Pritsche. Sie war gleich weg.

In der Morgendämmerung wachte sie gerädert auf und ging ans Küchenfenster. Von dort verfolgte sie ein grandioses Naturschauspiel:

Ein Baum, der von zwei Hunden angepinkelt wird, betäubt die Tiere mit dem bis dahin unbekannten Pappelgas.

Dann läßt er alle Blätter auf sie fallen und verschwindet hoppeldipoppel.
Linda spürt: Das ist der größte Quatsch, den sie je erlebt hat.
Der Baum sieht das genauso, fordert sie aber auf, ihm nicht zu folgen.
»Du hast genug gesehen«, spricht er mit skandinavischem Akzent.
Er bittet Linda, die Hunde aus der Verankerung zu lösen und aus ihren Schnauzen eine kühle Frühlingssuppe zu zaubern.
Sie folgt seiner Anregung und wird unglaublich satt.
Ihr wird auf einmal klar, wie schmal der Grat zwischen Traum und Wirklichkeit ist. Zwischen der angeborenen Sehschwäche und den mühsam aufgebauten Türmchen lupenreiner Wahrnehmung.
»Gibt es«, fragt Linda sich, »für ausgebuffte Träumer immer eine Gratissuppe? Oder muß ich, wer weiß wie bald schon, dafür mit Energieportiönchen zahlen, die ich zum Lustigsein benötige?«

Linda drehte sich noch ganz versunken um und unwillkürlich wanderte ihr Blick über die Anrichte zum Gewürzregal.
»Der Kopf!« rief sie und stürzte in den Garten.
Sie durchkämmte das Gemüsebeet, suchte das Kartoffelbeet zwei-, dreimal ab, schaute unter die Rhabarberblätter.
Nichts! Der Kopf war verschwunden. Keine Blutspur, keine Tropfen.
»Jesus!« dachte Linda.

Er mußte zurückgekommen sein und die Spuren verwischt haben. Aber warum? Es war ein Unfall. Es gab nichts zu vertuschen.
Sie fuhr sich mit der Hand durchs dichte Haar, holte ihr Handtäschchen aus der Küche und lief leicht erregt zur breiten Straße.
Sie streckte ihren Daumen raus und gelangte mit dem Band-Bus der *Romantic Flamingos*, die ihr sofort einen Job als Background-Sängerin anboten, nach Osnabrück.
Kurze Zeit später heiratete sie den Besitzer einer Nobel-Disco aus Hannover. Mit dessen Hilfe landete sie zwei Mini-Hits in Belgien und Luxemburg. Doch das ist eine andere Geschichte.

Die Penthaus-Bande

»Die Spur führt in die Schweiz. Mehr kann ich nicht sagen.« Dr. Höttges setzte sich auf seinen Schreibtisch und drückte die LORD-ULTRA aus.
»Sie, als seine Schwester, wissen es ja wahrscheinlich. Joe besaß kein Schweizer Messer und ist seit seiner Jugend nie mehr mit Taschen- oder Fahrtenmessern in Berührung gekommen. Leider wird uns das niemand glauben. Die Fakten sprechen gegen ihn. Wie es aussieht, kann es lediglich darum gehen, das Strafmaß so gering wie möglich zu halten.«
»Totschlag«, sagte die Abendmutter.
»Richtig«, sagte Dr. Höttges. »Ich habe ein psychologisches Gutachten vorliegen, aus dem klar hervorgeht, daß Joe kein potentieller Mörder ist. Im

Gegenteil. Er scheint seelisch vollkommen gesund zu sein.«

Dr. Höttges lachte. »Beängstigend gesund.«

Die Abendmutter lächelte.

»Ja. Unsere Familie ist durchweg fit. Deshalb können wir es nicht zulassen, daß Joe für etwas büßen soll, das er nicht getan hat.«

Der Verteidiger nickte.

»Aber die Lage ist aussichtslos. Die Ermittlungen sind abgeschlossen. Hauptkommissar Blötkontainer, ein Skatbruder von mir, hat nichts unversucht gelassen. Er ist eine Kapazität!«

»War er auch in der Schweiz?« fragte die Abendmutter.

Dr. Höttges legte die Nagelfeile beiseite.

»Natürlich. Die Spur verlief im Sande. Er hat das Messer jedem Schweizer unter die Nase gehalten. Allen kam es bekannt vor. Aber niemand wollte schwören, es schon einmal gesehen zu haben. Bei wem auch immer.«

Die Abendmutter knöpfte den langen, schwarzen Mantel zu und ging zur Tür. »Auf Wiedersehen.«

»Auf Wiedersehen, Frau Kümmerling«, rief Dr. Höttges, »und lassen Sie den Kopf nicht hängen. Mildernde Umstände sind immer drin.«

Die Abendmutter schloß die Tür. Sie schlenderte zum Aufzug und drückte versehentlich die K2-Taste.

»Mist«, fluchte die mystische Frau, »jetzt fahr ich in den Keller.«

Zu ihrer Überraschung aber ging es aufwärts.

Als die Tür sich öffnete, hatte sie siebenundzwanzig

Stockwerke zurückgelegt, höher ging es nicht. Neugier klopfte an ihr Herz. Sie stieg aus und ging auf Zehenspitzen durch den kurzen Flur zu einer Tür, an deren Griff ein Pappschildchen hing.

BITTE NICHT STÖREN. WIR ÜBERLEGEN NOCH, las die Abendmutter und horchte intensiver.

»Elvira ist tot«, hörte sie eine Männerstimme sagen. »Sie ist auf einen plumpen Trick militanter Tierschützer hereingefallen. Wir müssen uns um ihre Babys kümmern.«

»Halt«, hörte die Abendmutter eine andere Männerstimme sagen. »Die Babys sind nicht unser Bier. Sie waren Elviras Steckenpferd. Jetzt ist sie tot. Die Babys sind für uns kein Thema. Wenn sie Blödsinn machen, können wir ihr LOVESYSTEM zerstören, und die Sache hat sich.«

»Du kennst dich bei den Babys erstaunlich gut aus«, mischte sich nun eine Frau in das Gespräch ein.

»Ich weiß nur das, was Joe mir mal erklärt hat. Ihr wißt doch, damals, als wir von den Babys Wind bekamen«, antwortete der Mann, »da wollten wir Elvira nicht direkt darauf ansprechen und haben ihren Techniker gefragt. Das war nicht billig. Aber daher weiß ich, wie die Babys funktionieren.«

»Was ist mit ihm?« fragte die Frau. »Weiß er nicht viel zuviel?«

»Der Joe«, sagte der Mann, »das ist ein dummer Techniker, mehr nicht. Und außerdem: Elvira hat ihn längst auf Eis gelegt. Soviel ich weiß. Er wurde unbequem. Ich glaube, er wollte ein Kind von ihr.«

Schallendes Gelächter drang ans Ohr der Abendmutter. Sie war vor Aufregung ganz durchgeschwitzt.

»Freunde!« rief nun jemand. »Genug für heute! Laßt uns gehn. Wir brauchen Schlaf, gesunden Schlaf.«

»Ja!« riefen alle. »Gesunder Schlaf ist gut!«

Die Abendmutter schreckte auf und ging zum Fahrstuhl, verwirrt und alarmiert zugleich.

Sie fuhr nonstop ins Erdgeschoß, nickte dem Pförtner am Ausgang freundlich zu und eilte in das nächste Steakhaus, wo sie in Gedanken das Gehörte Revue passieren ließ.

»Der Name Joe kommt häufig vor«, dachte sie selbstkritisch. »Elvira hat er nie erwähnt. Und technisch ist Joe unbegabt. Er konnte nicht mal einen Walkman reparieren, als ich ihn darum bat. Könnte er sich verstellt haben?«

Die Abendmutter stocherte abwesend im Salat herum. Die Bedienung brachte den dritten Cognac.

»Und wer sind diese Babys?« fragte sie sich weiter. »Und dann diese seltsamen Schlafrufe, die wie Schlachtrufe geklungen haben?«

Sie beschloß, Joe anzurufen.

»Mal sehen, wie er reagiert«, murmelte sie, bestellte den sechsten Cognac und ein Telefon.

Sie kam nicht durch.

Schon nach der dritten Zahl ertönte das Besetztzeichen. Bei allen weiteren Versuchen schon nach der zweiten. Schließlich hörte sie eine hübsche Frauenstimme vom Band: Polnisch für Fortgeschrittene.

Die Abendmutter gab auf, bezahlte und fuhr per Taxi ins Untersuchungsgefängnis.

Joe freute sich, als er sie sah, wurde aber zornig, als seine Schwester ihm von den Nachforschungen berichtete.
»Hör auf damit«, sagte er leise. »Die schrecken doch vor nichts zurück. Sie werden dich einfach ignorieren.«
»Wer sind ›sie‹?« fragte die Abendmutter.
Joe schwieg.
»Du bist müde«, sagte er dann. »Du hast dich überanstrengt. Du mußt schlafen.«
»Schlafen«, sagte die Abendmutter. »Was bedeutet schlafen?«
»Erholung«, sagte Joe.
Seine Schwester stand auf.
»Verarschen kann ich mich selbst.«
Joe sah in ihre Augen.
»Versteh' doch, Schwesterchen«, flüsterte er. »Sie sind zu mächtig.«
»Joe«, fragte die Abendmutter, »was hast du zu verlieren?«
»Nichts«, sagte Joe.
»Dann verstehe ich nicht, warum du dir nicht helfen lassen willst«, sagte die Frau. »Oder hat für dich das ganze Leben keinen Sinn mehr? Hat Elvira dir so viel bedeutet?«
»Elvira«, lachte Joe, »die blöde Kuh ... Sie hat die Babys ausgeschimpft, so laut, so laut ... Nur eins hat überlebt, ein einziges! Die Babys werden aussterben. Jetzt geh!«
Die Abendmutter schlug ihren langen Mantel hoch und ging ohne ein Abschiedswort.
»Die Menschen sind Klasse«, dachte sie in der

Straßenbahn. »Sie leben einfach so drauflos und hinterlassen Spuren.«

Am Benzplatz stieg sie aus, bog in die Heidi-Kabel-Straße ein und stand schon bald vor Joe Bürobedarfskys verschlossenem Geschäft.
Sie öffnete die Haustür, ging durch den frischgewischten Flur in den Hinterhof und suchte Mäcki.
Sie fand die Schnecke schlafend hinter einem nagelneuen Komposter und weckte sie.
Mäcki stöhnte: »Ah! Ich hatte einen wirren Traum.«
»Erzähl mal«, sagte die Abendmutter.
»Nein«, sagte Mäcki, »sag du mir erst, was du herausgefunden hast.«
»Erst den Traum und dann die Wirklichkeit«, erwiderte die Abendmutter.
»Das ist die falsche Reihenfolge«, motzte die Schnecke.
»Schieß los«, sagte die Abendmutter, und Mäcki gab nach. Wie es die Schwächeren ja klugerweise meistens tun.
Und er erzählte von Jesus und Elvira, von Linda und dem CRAZY-LOVE-MOTEL. Er sprach von Dr. Höttges und Frau Kümmerling und von der miesen Penthaus-Bande.
Und die Abendmutter hörte ihm, obwohl sie die Geschichte ja kannte, aufmerksam zu und sah gebannt auf Mäckis Herz, denn es schlug im 6/8el Takt und leuchtete die ganze Nacht.

Die Hinterlist

Zwei Mönche waren unterwegs zum Heiligtum der Menschen. Der eine trabte stets voran und hänselte den anderen: »Gott achtet auf die Kondition!« Ein Töpfchen Honig stand am Straßenrand, das wollten sie vernaschen. »Halt!«, rief das Honigtöpfchen, »habt ihr so reine Herzen, daß ihr mich verdient?« »Quatschkopf!« sagten die Mönche und verschlangen die willkommene Süßigkeit. Noch keine dreiundachtzig Kilometer weiter fanden sie ein armes Mädchen. Das wollten sie auch vernaschen. »Halt«, rief das arme Mädchen, »ich bin noch nicht geschlechtsreif.« Die Mönche ließen sich nicht täuschen, weiter ging's. Da reckte sich ein graumelierter Kahlkopf aus dem Himmel und sprach: »Ihr habt ja ein ganz schönes Tempo drauf!« Da erkannten die beiden Mönche, daß es Gott persönlich war und freuten sich. Gott fragte: »Ihr habt wohl nicht zufällig ein Honigtöpfchen und ein armes Mädchen gesehen?« »Nö«, nuschelten die Mönche, »wir machen keine Pausen.« »Natürlich«, meinte Gott, »war ja auch nur so eine Frage... Wenn ihr sie aber trotzdem sehen solltet, paßt auf! Es sind verseuchte Engel. Ich hab sie extra wehrlos in die Welt geschickt.« »Was???« schrien die beiden Mönche, aber Gott war schon verschwunden. Ihre Mienen hatten sich verdunkelt. Sie hatten angehalten und die Hände vor's Gesicht geschlagen. So standen sie noch stundenlang. Dann fuhr ein LKW über ihre sündigen Körper, weil es mittlerweile Nacht geworden war. Das zeigt mal wieder, wie erfinderisch Gott ist und daß er immer noch weiß, was sich gehört. Denn das mit den Engeln war gelogen, und der LKW, das war er selbst.

Die Versuchung

Der Heilige Franziskus hatte eines Tages von einer barmherzigen Frau ein Schälchen Hühnerklein bekommen und sich vor ihrem Haus in den Schatten einer Pinie gesetzt, um es zu verputzen.

Da kam der Teufel, in Gestalt eines Ketchup-Vertreters, des Wegs und bot ihm eine Probepackung HEINZ CUM LAUDE an.
Der Heilige Franziskus sagte da nicht nein. Er schlitzte das Tütchen mit seinen langen Fingernägeln auf und prutschte den köstlichen Inhalt über das Hühnerklein.
»Mmh«, murmelte der Mann, »das nenn ich Manna!« Dann aß er hastig, aber mit Würde und leckte das Schälchen sauber.

»Sicher bist du jetzt müde«, sagte der Teufel, »und würdest gerne ein Schläfchen halten.«
Franziskus sah ihn freundlich an.
»Sicher bringst du der barmherzigen Frau ihr Schälchen gleich zurück«, fuhr der Teufel fort. »Warum fragst du sie nicht gleich, ob sie ein Bettchen für dich hat, und sei es nur ein schmales?«
»Das Schälchen ist mein eigen«, sagte der Heilige und blickte dem Teufel in die schwarzen Augen.
»Nun«, sagte der Teufel verdrossen, »Eigentum ist keine Schande. Aber Tempel brauchen Pflege. Sonst ekelt sich der Herr.«

Damit spielte er auf Franziskus' ungepflegtes Äußeres an.
»Warum bittest du die barmherzige Frau nicht um einen Zuber Wasser und ein Stückchen Kernseife?«
»Warum bittest du sie nicht darum?« fragte Franziskus, der ein scheues Reh war.
»Wie du willst«, rief der Teufel und eilte in den Garten des Hauses, wo die barmherzige Frau sich zu schaffen machte.

»Guten Tag, Signora«, sagte der Teufel. »Entschuldigt die Störung. Sie sind eine barmherzige Frau und gaben vorhin einem Hungrigen zu essen. Nun ist er satt. Er will beten. Doch sein schmutziger Körper steht zwischen ihm und seinem Herrn. Sie sind eine barm…«
»Haltet ein, Fremder«, sagte die Frau. »Einen Zuber Wasser und ein Stückchen Kernseife kann ich spendieren. Aber ein Handtuch habe ich nicht für ihn. Er müßte sich zum Trocknen auf die Veranda legen.«
»Schon recht«, rief der Teufel.

Er holte den Heiligen und führte ihn ins Haus.
Da stand das Wasser schon bereit.
Franziskus hüpfte in den Zuber.
Die Frau reichte ihm die Kernseife. Der Teufel empfahl sich mit einer lockeren Verbeugung.
Er schloß die Tür hinter sich und schlich sogleich zu einem Seitenfenster, um die Früchte seines bösen Tuns zu kosten.
Er sah, wie der Heilige sich einseifte, und hörte ihn

sagen: »Gute Frau, vergeßt nicht die Sonnenrollos herabzulassen. Es ist schon Mittag durch.«
»Oh je!« rief die gute Frau, »wie gut, daß Ihr mich daran erinnert! Nichts geht über eine kühle Stube, wenn die Sommerhitze drückt.«
Beide lachten, und die Rollos sausten herunter.
Der Teufel wurde hektisch, rannte hin und her. Er verdrehte sich, in der Hoffnung einen Schlitz oder eine Ritze zu finden.
Drinnen war es derweil still. Nur ein Planschen war zu hören. Selbst der Teufel vermochte nicht mit Sicherheit zu unterscheiden, ob es ein einzelner Heiliger war oder das Planschen eines geilen Pärchens.
Als dem Teufel schließlich das Schlüsselloch in den Sinn kam, war es bereits zu spät.
Franziskus trat aus dem Haus und winkte einige Stare zu sich, die in der Nähe Nahrung suchten.
Aufgeregt umflatterten sie den Heiligen. Franziskus trocknete im Nu.
Dann warf er sich die Kutte über und ging zurück ins Haus.
Zusammen mit der Frau kippte er den Zuber mit dem Badewasser vor der Veranda aus. Er bedankte sich für die Barmherzigkeit und wanderte weiter.

Der Teufel folgte ihm und rief: »Wie war's?«
»Klasse«, sagte Franziskus. »Ich bin satt. Ich bin sauber.«
»Und sonst?« fragte der Teufel.
»Auch klasse«, sagte Franziskus. »Die Idee, ein Bad zu nehmen, war wirklich gut. Dich hat der liebe Gott geschickt.«

Der Teufel heulte auf und schrieb HALT'S MAUL mit feurigen Pfoten ins Blau des umbrischen Himmels. So zackig, daß es nicht zu lesen war.
Franziskus hob seinen Kopf und lächelte. Denn er dachte an den alten Volksglauben, daß, wenn es blitzt, der liebe Gott einen Heiligen fotografiert.

Die Familie des Bösen

Sumura, die Tochter des Satans, traf eines Tages am Strand von Miami den Mann mit den zwei Gehirnen.
Sumura sagte: »Hallo, wie wär's mit einem kleinen Spielchen?«
»Was denn?« fragte der Mann mit den zwei Gehirnen.
Sumura sagte: »Geschlechtsteilmemory.«
Sie mischte die Karten, legte sie aus und gewann drei Spiele nacheinander, ohne daß der Mann mit den zwei Gehirnen auch nur ein Pärchen ergattert hätte.

Sumura war durstig und rief: »Ich will was trinken!«
»Was denn?« fragte der Mann mit den zwei Gehirnen.
Sumura rief: »BACARDI!«
Aber der Mann mit den zwei Gehirnen rührte sich nicht vom Fleck.
Da ging Sumura selbst zum Auto des Mannes, in der Hoffnung unter dem Ersatzreifen etwas Rum zu finden.
Sie öffnete den Kofferraum und sah, daß der Mann mit den zwei Gehirnen beide Organe dort vergessen hatte.
»Steve!« rief die Frau. »Rate mal, was hier im Kofferraum liegt!«

»Was denn?« fragte der Mann mit den zwei Gehirnen.
Da wurde die Tochter des Satans ungehalten.
Sie setzte sich ins Auto und düste in den Zoo von Miami.
Dort warf sie die Organe einem Löwen in den Rachen.
Das Tier war aus dem Häuschen: Zwei Gehirne an einem Tag!
Das hatte die Katze noch nie erlebt.
Sumura war zufrieden.

Als sie aus dem Raubtierhaus kam, saß der Mann mit den zwei Gehirnen auf einer Bank im Sonnenschein.
»Was denn?« rief Sumura. »Sie haben mich ohne Gehirne gefunden?«
»Ich brauche kein Gehirn«, sagte der Mann. »Ich denke mit dem Herzen!«
Sumura bekam leuchtende Augen. Ein intelligentes Herz? Eins, das nicht nur schlagen kann?!

Sie lief zum Telefon und erzählte ihrem Vater von der Sensation.
»Sofort heiraten!« befahl der Satan.
Sumura heiratete also den Mann mit den zwei Gehirnen, ohne ihn zu fragen.
Sie machte ihn zu ihrem Sex-Sklaven und brachte ihm jede Menge fiese Tricks bei, die er als Immobilienmakler gut gebrauchen konnte.
Das Glück schien perfekt.
Da besuchte eines Tages der Satan das junge Paar

und machte unmißverständlich klar, daß er Oma werden wolle.
»Papi!« rief Sumura, »immer mußt du alles verkomplizieren! Weißt du, wieviel Arbeit Kinder machen? Und dann: Du als Oma! Das würde deinem Image schaden.«
Der Satan blieb stur.
Er zog sich vor den Eheleuten aus und bewies, daß er seinerseits Tatsachen geschaffen hatte.
»Nun seid ihr dran«, sagte er beim Rausgehen und versengte mit seinem Schweif absichtlich Sumuras neue Perserkatze.
Das arme Tier lief panisch in den Wintergarten und krallte sich in Todesangst an den bunten Scheiben fest.
Sumura holte die Videokamera und hielt diese bewegenden Momente fest.
Drei Stunden später rutschte die Katze entkräftet in die Geranien. Seitdem war sie merkwürdig introvertiert.
Das trieb Sumura oft zu katzenfeindlichen Ausbrüchen.
»Laß sie«, ergriff der Mann mit den zwei Gehirnen dann oftmals für das Tier Partei. »Die hat an was zu knabbern.«
»Und wir?« fauchte Sumura dann. »Haben wir nicht an was zu knabbern?«
Sie meinte ihre Kinderlosigkeit.
Es verging kein Tag, an dem der Postbote nicht mindestens eine Karte brachte, mit lustigen Teufelchen drauf. Der Satan ließ nicht locker.

Schließlich entschied sich das Paar, einen Arzt aufzusuchen. Er untersuchte Sumura und ihren Mann nach neuesten Methoden. Organisch war alles in Ordnung, nur seelisch stellte der Fachmann Hindernisse fest.
Der Arzt war ein Freund des Satans. Er hatte Sumara schon als Baby gekannt und nahm sie zur Seite: »Kind, der Mann ist viel zu gut für dich. Aus Plus und Minus wird immer Plusminus oder umgekehrt.«
»Versteh ich nicht«, sagte Sumura. »Ich bin die Tochter des Satans. War immer ein durch und durch schlechtes Mädchen. Da müßten meine Erbanlagen dominieren, oder?«
»Ja«, sagte der Arzt, »rein theoretisch schon. Aber jede Praxis hat ihr Wartezimmer.«
Sumura fluchte.
»Was soll ich denn tun, Herr Doktor?« fragte sie. »Mich scheiden lassen?«
»Aber Schätzchen!« beruhigte sie der Arzt. »Warum läßt du dich nicht von einem Gebrauchtwagenhändler begatten?«
Sumura schlug sich vor die Stirn: »Darauf hätt' ich auch selber kommen können!«
»Natürlich«, sagte der Arzt, ein wenig beleidigt.

Vier Stunden später war Sumura schwanger, und der Mann mit den zwei Gehirnen wunderte sich. »Ich verstehe gar nicht, wieso du dir so sicher bist. Wir hatten doch die letzten vier Wochen nur Analverkehr.«
»Vertrau mir, mein Schatz«, sagte Sumura.

Der Mann mit den zwei Gehirnen sah die Falschheit in ihrem Blick und die Verschlagenheit in ihren Zügen. Er küßte sie aber leidenschaftlich, denn seine Liebe war grenzenlos und größer als die Schlechtigkeit.

Nach dreizehn Monaten brachte Sumura einen Knaben zur Welt. Sie tauften ihn auf den Namen Joe Isuzu von Finsterwalde.
Bis zu seinem achtzehnten Lebensjahr trug er Windeln. Mit siebzehn machte er den Führerschein und verstand sich, wie alle Kinder, am besten mit seiner Oma. Das hatte Konsequenzen.

Weil der Satan jede freie tausendstel Sekunde mit seinem Enkel verbrachte, immer öfter blau machte, ganze Krisengebiete einfach hängenließ und viele zarte Aggressiönchen durch seine Schlamperei jämmerlich verkümmerten, wurde das Leben auf der Erde immer schöner.
Hunger, Krankheiten und Kriege wurden seltener und standen schließlich vor der Ausrottung.

Da forderten die Erzteufel ein Gipfeltreffen.
Es fand im Juni des Jahres 2000 auf einem Rugby-Feld in Hannover-Linden statt.
Die Erzteufel verlangten den Rücktritt des Satans.
Im Vorwort eines fetten Forderungskatalogs formulierten sie: Deine Bosheit ist nur noch für die Kameras! Du bist vernarrt in deinen Enkel! Und nicht mehr glaubwürdig!
Der Satan hatte auf Glaubwürdigkeit noch nie

etwas gegeben. Als Zeichen seiner Verachtung setzte er einen Riesenhaufen auf die Querstange des Rugby-Tores.
Dennoch wollte er es sich aus nostalgischen Gründen mit seinen Kumpanen nicht verderben.
Da er dicke Bücher haßte und Lesen sowieso, bat er die Erzteufel, ihr Hauptanliegen knapp und mündlich vorzubringen.
Die Erzteufel verlangten ein Zeichen.
Er solle die Autos abschaffen, das Lieblingsspielzeug seines Enkels, um ihm das Herz zu brechen.
»Das ist zuviel!« rief der Satan. »Das könnt ihr nicht mit mir machen!«
Da warf der Vize-Satan ihm einen Engelsknochen vor die Füße.
»Abgesetzt!«
»Nein«, rief der Satan, »so war das nicht gemeint! Wenn es sein muß, dann kann ich ganz der alte sein.«
Mit einem einzigen Schwanzschlag löschte er in den Menschen die Liebe zum Automobil.
Innerhalb weniger Stunden waren alle PKW entsorgt. LKW und Busse dauerten etwas länger.

Joe Isuzu von Finsterwalde sah entsetzt, was geschehen war, und lief zu seiner Mutter.
Er legte seinen Kopf zwischen Sumuras teuflische Brüste und wollte weinen. Es ging nicht. Zu tief saß der Schmerz über den Verlust seiner Lieblinge.

Dann setzten die ersten Allergien ein.
»Die Luft«, röchelte er. »Was ist mit der Luft?«

»Ja«, rief Sumura. »Jetzt merk' ich's auch.«
Und der Mann mit den zwei Gehirnen, gerade erst zurück von einem Segelturn, sagte: »Stellt euch vor, die Luft ist kaum noch verpestet!«
»So eine Schweinerei!« schrie Sumura und drückte Joe Isuzu ganz fest an sich.
»Fax meinen Vater an!« befahl sie ihrem Mann.

Als der Satan vom Zustand seines Enkels erfuhr, geriet er außer sich.
»Scheißdemokratie!« brüllte er durch die Gedärme des Universums, wo er sich gerade labte. »Das kommt davon, wenn zu viele mitreden wollen.«
Und er beorderte die Erzteufel zu sich und schrie: »So, ihr Waschlappen! Das habt ihr nun von eurer Mitbestimmung. Alle Kontinente haben bereits beim Weltentwicklungsamt den Kurortstatus beantragt: Bad Afrika, Bad Asien – wo soll das enden?«
Er tobte und kam auf den zunächst abwegig scheinenden Gedanken, die Teufelsliga sei von Spionen des Müttergenesungswerks unterwandert.
Doch an der Reaktion einiger Erzteufel, die wie bestellt »MÜTTER VERPISST EUCH, KEINER VERMISST EUCH!« skandierten, merkte er, daß Wut auch Wahrheit provozieren kann. Nach einem kurzen, heftigen Wortwechsel waren die Dissidenten entlarvt.
Sie wurden auf der Stelle mit Nivea eingecremt und ins Fegefeuer geworfen.
»So!« sagte der Satan zu den restlichen Erzteufeln. »Und nun laßt euch mal eine schöne Sauerei einfallen. Aber kommt mir nicht mit der Wiederein-

führung des Autos; das Auto war mal meine Idee. Woll'n doch mal sehen, ob ihr wirklich so kreativ seid, wie es immer heißt.«
Da steckten die Teufel ihre verkommenen Birnen zusammen und powerten mit aller Macht.
Meilenweit konnte man es rauchen sehen.
Die Menschen hielten es für einen riesigen Waldbrand in der GUS. »ARALSEE BRENNT!« lautete die Schlagzeile des Tages und strahlte durch das Sommerloch.

Joe Isuzu von Finsterwalde war lange depressiv. Dann lernte er in einem Fitnesscenter Radfahren und ging als Gen-Scout nach Brasilien.
Sumura, die Tochter des Satans, ist in letzter Zeit vor allem als Produzentin bayerischer Game-Shows in Erscheinung getreten.
Und der Mann mit den zwei Gehirnen mußte nach dem dritten Herzinfarkt endgültig kürzer treten und verriet erst kürzlich einer blutjungen Journalistin das Geheimnis seiner neuen Philosophie: »Ich mach mich nicht mehr so verrückt!«

Die Wahrheit

Vor zwei Jahren hatte Joe der Stadt den Rücken gekehrt. Als erfolgreicher Opernkomponist konnte er es sich leisten, fernab von aller Hektik der modernen Zeit eben diese beim Schweigen zu belauschen. Nun lag er eines sonnigen Juninachmittags am Ufer des Rauschenbachs, der unweit des Städtchens Wölpe in die Runke mündet, die ihrerseits ein Zufluß der Ems ist, ohne die das Emsland ein Land wie jedes andere wäre. Und wie er so dalag, umrahmt von seltenen Gräsern, hörte er den Bach rufen: »Joe, begradige mich!«

»Was sagst du da?« rief Joe. »Ich soll dich begradigen?«

»Ja«, antwortete der Bach. »Ich bin die vielen Kurven leid, diese elenden Windungen mit ihren Erlen und Sumpfdotterblumen. Jedes fließende Gewässer hat ein Ziel, und dieses Ziel will es so schnell wie möglich erreichen, sonst würde es ja nicht fließen und könnte stehenbleiben und sich ausruhen wie ein Tümpel.«

Joe rieb sich die Ohren. »Hör mal«, sagte er, »weißt du, was das für dein Leben bedeuten würde, für die kleinen Fischchen und all die Wasserpflanzen und...?«

»Laß die Nettigkeiten«, unterbrach ihn der Rauschenbach. »Diese Schmarotzer leben alle auf meine Kosten. Meine Umwege sind ihre Heimat, mein

Zeitverlust ist ihre große Stunde. Begradige mich, Joe, dann werden sie verrecken.«
Joe war schockiert. Er ging in sein Blockhaus und versuchte, das Erlebnis einzuordnen: In einer Zeit, da Renaturierung großgeschrieben wurde, offenbarte sich ein Bach in dieser ehrlichen, lebensverachtenden Art und Weise! Eine böse Ahnung beschlich den Komponisten: Könnte es sein, daß alle Flüsse und Bäche in Wirklichkeit so waren wie der Rauschenbach und daß sie bis dahin geschwiegen hatten, weil der Mensch in ihrem Sinne handelte, den meisten dabei half, die Mündung schneller und direkter zu erreichen, als sie es selbst vermochten? Waren die Flüsse und die Bäche, wie die Menschen und Tiere, primär an der Vereinigung interessiert? Und hatten sie überhaupt andere Interessen?
Der Komponist schüttelte sich vor Ekel. Er goß sich einen Whisky ein und ging zurück an den Bach. Und Joe drohte ihm mit der Schaffung von Staudämmen und Seitenarmen, zuletzt gar mit der Trockenlegung. »Sag das der Runke!« rief er. »Sag es der Ems und all den anderen Scheißflüssen. Fließt ruhig weiter! Dem Meer ist es so was von egal, wie schnell ihr kommt. Von ihm aus könnt ihr genauso gut in die andere Richtung fließen. Das Meer liebt sein Salz und sonst gar nichts! Es klappert mit den Knochen der charmantesten Matrosen und läßt die höchsten Wellen brechen, nur um dem Salz zu gefallen. Nur deshalb gewährt es der Koralle, dem Tang, den Anemonen, dem Schweinswal und der Portugiesische Galeere Asyl. An euch verschwendet es keinen Gedanken.«

»Woher willst du denn das wissen?« fragte der Rauschenbach.
»Das hat mir Jacques Cousteau erzählt«, schrie Joe, »und der Stiefvater von Flipper hat's in seinen Memoiren gesagt: *Salz auf unserer Haut macht das Meer eifersüchtig!*«
Da schwieg der Rauschenbach und plätscherte verlegen weiter. Joe aber verkaufte sein Blockhaus, zog in eine große Stadt und verwilderte zusehends.

Aus aller Welt

Tom und Jerry, die beiden Öleinfüllstutzen, waren echte Kumpel.

Im Westen Deutschlands taten sie seit Jahr und Tag ihren Dienst in der seitlichen Heizkellermauer einer Landesversicherungsanstalt.

Sie hatten keine Geheimnisse voreinander.

An einem schummrigen Oktoberabend gestand Tom seinem Freund Jerry, in der letzten Zeit schmutzige Phantasien zu haben.

»Raus mit der Sprache«, rief Jerry.

Tom sagte, er träume davon, eine Vagina zu sein.

»Alter!« rief Jerry. »Glaubst du wirklich, es ist schön, die Scheide einer Frau zu sein?«

»Woher soll ich das wissen?« fragte Tom »Ich träum' ja nur davon.«

»Psst«, flüsterte Jerry, »sei nicht so laut. Wenn uns die Stutzenchecker hören, sind wir beide dran. Dann landen wir auf dem Schrott. Du kennst ja ihre Mentalität: DRECKIGE PHANTASIE = MATERIALERMÜDUNG. Zack! Schon sind zwei neue drin!«

»Von mir aus«, rief Tom. »Ich kann kein Öl mehr riechen. Soll'n sie ruhig kommen und uns ausbauen.«

»Du Egoist!« schrie Jerry.

Das hörte ein Stutzenchecker, der zufällig in der Nähe war. Öleinfüllstutzen, die sich streiten, verbiegen sich wie nichts! Dieses Knowhow aus dem

ersten Lehrjahr beherzigte der Checker sofort. Tom und Jerry wurden ausgewechselt.
Sie landeten im Entsorgungszentrum Wartenburg.
Mit tausend anderen Stutzen lagen Tom und Jerry in Schnee und Regen im Sammelbecken HELGA ZWO und rosteten. Eines Tages kamen sie in einen schicken Container und fuhren übers Meer nach Kuba.
Ein findiger kanadischer Geschäftsmann ließ dort die Stutzen zu romantischen Räuberpistolen umbauen und vertickte sie in alle Welt.

Jerry ging nach Brasilien und wurde das Lieblingsspielzeug eines späteren Ökonomieballisten.
Tom verschlug es zurück über den Ozean nach Gelsenkirchen, wo ihn ein Lebensmitteltechniker für seinen Sohn Xylander zum Geburtstag kaufte.
Xylander schoß mit Tom alle Bösen tot. Dann schlug er ihn mit einem echten Hammer platt wie Scheibenkäse. Seine Mutter schimpfte.
Aber Vater sagte: »Laß ihn, Katy. Der wird bestimmt mal Pazifist.«
Da lachten alle Gäste.

Tom flog auf den Müll. Dort entdeckte ihn ein Wanderspekulant.
Er polierte Tom und trällerte dabei vergnügt: »Aus dir könnt' mal was werden.«
Tom dachte gleich an seinen alten Traum und sagte: »Bitte, eine schöne Scheide!«
»Ihr verflixten Rohre«, lachte der Wanderspekulant, »habt doch immer nur eins im Kopf!«

Er holte seine Allzweckzange und bog Toms Enden um. Ein Ende war sein Mund gewesen. Tom war jetzt stumm, und der geschickte Handwerker konnte aus ihm in aller Ruhe Glücksspiralen drehen.

Der Vetter von Mona Lisa

»Heute beißen die Fische aber besonders gut«, sagte der alte Maler Hoop und faßte sich ans Herz. Der Pinsel glitt ihm aus der Hand. Vorbei. Ein Künstler weniger.
Und was stand auf der vollgesuppten Staffelei?
Ein Sonnenuntergang.

»Seht mal, Kinder!« rief Hoops Schwester Elisabeth, die alles erben wollte, bei der Nachlaßsichtung. »Sein letztes Bild! Schön, aber unvollendet. Das könn' wir in die Tonne haun.«
»Vorsicht!« riefen da die Kinder. »Die Farbe ist noch gar nicht trocken. Laß stehn. Das eilt ja nicht.«

Dann sahen sie alle zusammen erstmal die Akten durch. Der Sonnenuntergang konnte in aller Ruhe von der Staffelei hüpfen und sich durch die offene Tür in den Garten flüchten.
Da sah er, daß es Frühling war. Die Bäume blühten weiß und rosa, das Grün war gelb, der Himmel blau, die Sonne lachte, und unterm Ginster stand ein blasser Gartenzwerg.
Er weinte.
»Was hast du?« fragte der Sonnenuntergang.
»Ich war den Winter über draußen«, klagte der kleine Mann, »das hat mich alt gemacht.«
Der Sonnenuntergang blickte mitleidig auf die

blaue Glockenblume zwischen den Beinchen seines Gegenübers.
»Komm mit!« sagte er dann. »Der nächste Winter kommt bestimmt.«
»Wohin?« fragte der Gartenzwerg.
»Meine Kusine wohnt in Paris«, sagte der Sonnenuntergang. »Da könnten wir fürs erste unterkommen.«
»Nicht schlecht«, sagte der Gartenzwerg. »Aber wovon sollen wir leben? Die Reise wird ein Weilchen dauern.«
»Striptease«, sagte der Sonnenuntergang. »Du stellst dich in den Städten vor mich hin, ich summe, sagen wir mal, ›Wenn es Nacht wird in Harlem‹, du ziehst dich langsam aus. Die Leute bleiben stehen, und nachher gehst du mit der Mütze rum.«
Ganz schön clever, dachte der Gartenzwerg. Ich soll mich ausziehen, er bleibt im Hintergrund. Aber was bleibt mir übrig? Wenn man so untalentiert ist wie seine Vorfahren, heißt es zugreifen.
Das seltsame Duo setzte sich in Bewegung, und als es Abend wurde, kam die Müdigkeit.
»Die Straße nimmt kein Ende«, hechelte der Sonnenuntergang. Der Zwerg hatte sich einen Wolf gelaufen. Sie beschlossen, das nächste Auto anzuhalten, und setzten sich an einen Kilometerstein, schliefen aber vor Erschöpfung ein.

Als sie wieder aufwachten, stand ein angeknackster Bumerang vor ihnen. Er suchte Anschluß.
»Wir sind nicht die Bremer Stadtmusikanten«, sagte der Sonnenuntergang.

»Ich auch nicht«, erwiderte der Bumerang.
Da beschlossen die drei, Freunde zu werden.

Nach zwei Tagen kamen sie an eine stillgelegte Raststätte und verliebten sich in deren Charme.
»Hier bleiben wir fürs erste«, beschloß der Sonnenuntergang. Er legte sich in den Schatten einer ausgemusterten Leitplanke und genoß die Helligkeit des Tages.
Während sich der Bumerang mit einem verwitterten Streusalzdepot anfreundete, hörte der Gartenzwerg beim Wasserlassen unter sich etwas knacken. Er zog die Hose hoch und schob das Laub beiseite. Zum Vorschein kam ein guterhaltenes Skelett. Es gähnte wie ein Mensch und richtete sich auf.
»Ich bin der Führer«, sagte es deprimiert.
»Du meinst wohl das Skelett des Führers«, korrigierte der Gartenzwerg.
»Klugscheißer«, sagte das Skelett.
Dann stellte der Gartenzwerg den grauenhaften Fund seinen Freunden vor.
»Schon viel von dir gehört«, sagte der Bumerang.
Der Sonnenuntergang wurde grün vor Abscheu.
»Das ist unser Platz hier«, sagte er mit seiner tiefsten Stimme.
Das Skelett des Führers winkte ab.
»Blödsinn«, sagte es. »Der Platz gehört dem deutschen Volk bzw. der Autobahnmeisterei. Wegen der vielen Unfälle beim Eingliedern, haben sie ihn stillgelegt. Da hab' ich mich hier eingenistet.«
»Was ist das?« fragte der Gartenzwerg. »Eingliedern?«

Das Skelett des Führers erklärte den Begriff. Der Sonnenuntergang spürte, wie sehr der Gartenzwerg die Intelligenz seiner Entdeckung bewunderte.
Auch der Bumerang, der ja nichts gelernt hatte, außer immer wieder in schönen weiten Bögen zu seinem Werfer zurückzukehren, war beeindruckt.
»Hör mal«, fragte der Sonnenuntergang das Skelett, »kannst du Auto fahren?«
»Ich hab' sogar den Führerschein«, sagte das Skelett.
»Paß auf«, flüsterte der Sonnenuntergang, »ich hab' da einen Plan.« Und schon erläuterte er ihn.

Gleich am nächsten Tag hatten die Freunde Glück. Ein Fernfahrer mußte seinen SCANIA zum Notstop auf den Rastplatz lenken.
Weil er todmüde war, schlief er gleich nach dem Anhalten hinter dem Steuer ein, noch bevor er den Motor abgestellt und das defekte Rad gewechselt hatte.
Die Freunde legten den Ersatzreifen auf und versteckten sich, bis auf das Skelett des Führers.
Seine Aufgabe war es, den Fernfahrer zu wecken, ihn zu erschrecken und in die Flucht zu schlagen. Dabei sollte der Bumerang ihn streifen, zum Gartenzwerg zurückkehren und gemeinsam mit dem Sonnenuntergang, der für die Koordination zuständig war, den LKW entern.

Als sie den Fernfahrer im Tiefschlaf wähnten, machte das Skelett sich auf und pochte an die Windschutzscheibe.

Nichts rührte sich.
Es pochte heftiger.
Zwei Finger brachen ab. Nun schlug es mit der Stirn gegen die Scheibe, um sich nicht die ganzen Hände zu ruinieren.
Die Lichter gingen an.
Der Fahrer kroch aus seiner vollklimatisierten Koje, sah das Skelett und legte sich gleich wieder hin.
Er hatte schon so viele Horrorvideos gesehen. In seinen Träumen regnete es Blut an ganz normalen Tagen. Skelette ödeten ihn an. Er zog den Vorhang wieder zu und träumte weiter.
»Mach weiter«, rief der Sonnenuntergang, als er sah, daß das Skelett des Führers innehielt. Das Skelett schlug weiter seinen Schädel an die Scheibe, bis es knackte.
Der Knochenmann wurde ohnmächtig.
Der Bumerang bugsierte ihn hinter einen Haufen Granulat.
Der Gartenzwerg weinte, und alle legten sich zum Schlafen hin.
Erst gegen Mittag wurden sie wach.
Der LKW war weg.
»Versager«, sagte der Sonnenuntergang und sah verächtlich das Gerippe an.
»Seht mal«, fuhr er fort, »der Kopf hat einen Sprung.«
Nun sahen es auch die anderen.
Das Skelett stand auf und ging, erst langsam und dann immer schneller.
Es rannte auf die Autobahn und wurde gleich vom ersten Auto überrollt, vom zweiten auch.

Was übrigblieb, war Rollsplitt.
»Glaubst du wirklich, daß es das Skelett des Führers war?« fragte der Gartenzwerg den Sonnenaufgang.
Der sagte nur: »Ach was«, und warf sich auf den Bumerang, aus Geilheit oder Übermut. Vielleicht auch nur aus Albernheit. Das ist bei einem Kunstwerk schwer zu sagen.

Wie das Unglück in die Welt kam

Ein weltfremder Butler hatte sich mit seinem virtuellen Schlauchboot zu weit aufs Meer hinausgewagt.
Die Wellen wollten ihn verschlingen. Doch das Wetter spielte nicht mit.
Es flüsterte: »Ich bin schön.«

Der Golfstrom trug den Butler an die Küste eines unbekannten Kontinents.
Die Eingeborenen begrüßten den Fremden freundlich, aber distanziert.
Der Butler sagte: »Ich bin von Durst und Hunger gebeutelt!«
»Hast du Geld?« fragten die Eingeborenen.

Da leerte der erschöpfte Neuankömmling seine Taschen.
Nur Salz und Sand!

»Gib uns dein Schlauchboot«, forderten die Einheimischen, »dann können wir die Welt erobern.«
»Und was wird aus mir?« fragte der Butler. »Soll ich eure Palmen heiraten und die Wasserfälle streicheln?«

Da ging den Eingeborenen ein Licht auf. »Du bist ja nur auf Liebe aus«, riefen sie verächtlich.

Der Butler ging in Deckung.
Seitdem gibt es das unausrottbare Mißtrauen zwischen denen, die da sind und denen, die es auch noch gibt.

Jubel des Lebens

»Wahrscheinlich ist Nick Nolte der beste Schauspieler aller Zeiten«, seufzte Benjamin.
Edeltraut schraubte sich in die Höhe.
»So fangen Depressionen an«, sagte sie leise.
Bob, der Förster, schlug vor, mal rauszugehen, ein bißchen die Natur beschnuppern.

»Vielleicht gelingt es uns, einen Luchs beim Laichen zu beobachten«, versuchte Bob den beiden Appetit zu machen.
»O.K.«, rief Benjamin, stand auf und zog die großen grünen Gummistiefel an.
Die Wege waren matschig. Die Sonne ging schon unter. Es raschelte auf Schritt und Tritt.
»Was ist das?« fragte Edeltraut.
»Maipilze«, sagte Bob. »Die schießen bei dieser Witterung wie Schaumstoff aus dem Boden.«
Dann schwiegen alle bis zum Schlagbaum.

Der alte Zorn kam aus seinem verchromten Häuschen und nahm Benjamin die Handtasche ab. Er leerte sie auf dem Boden aus, beschlagnahmte das Foto einer Vollmilchflasche, deren Etikett gewaltsam entfernt worden war.
Nun durften sie passieren.

Zwei Hirsche kämpften auf der Lichtung linker Hand. Der eine hatte ein Messer.

Bob ging dazwischen und gab dem anderen aus Fairneß sein Luftgewehr.
»Danke«, sagte der Hirsch und brannte seinem Gegner sofort eine Kugel aufs Geweih.
Das tat weh!
Der Messerhirsch hatte die Nase voll und rief: »Laß uns aufhören und die Menschen fragen, ob wir ihnen behilflich sein können!«
Der Sieger nickte, und die beiden Hirsche trabten auf die Menschen zu.

»Ihr könnt uns zum Luchsfelsen bringen«, sagte Bob und schwang sich auf den Rücken des messerlosen Hirschen. Edeltraut setzte sich hinter ihn und Benjamin vor ihn.
Der Messerhirsch ging leer aus und zog beleidigt ab. »Das werdet ihr mir büßen!« rief er.

Nach einer guten halben Stunde erreichte die kleine Schar den Luchsfelsen und mußte feststellen, daß niemand zu Hause war.
»Heute ist Langer Donnerstag«, sagte Edeltraut. »Da sind die Luchse immer unterwegs.«
»Warum ist dir das nicht früher eingefallen?« fragte Bob.
»Weil ich in Gedanken war«, sagte Edeltraut. »Ich überlege die ganze Zeit, was die grünen Punkte auf den Baumstämmen wohl bedeuten.«
Bob lachte: »Im Sommer haben alle Bäume grüne Punkte. Sag bloß, das hast du nicht gewußt!«
Edeltraut wurde rot. »Nein, Bob«, sagte sie leise, »du weißt, ich bin ein Stadtmensch.«

»Schon gut«, sagte Bob und gab dem Hirsch ein Schlückchen SPRITE.
»Aber ich finde es eigenartig, daß du über Luchse genau Bescheid weißt und von Bäumen keine Ahnung hast!«
»Laß sie in Frieden«, sagte Benjamin und zog einen goldenen Schneemann aus seiner Westentasche.
»Was ist das?« fragte Edeltraut. »Ein Talisman?«
»Mit dem wird niemand glücklich«, sagte Benjamin und feuerte die winzige Figur ins Unterholz.
Der Hirsch schüttelte seinen mächtigen Kopf, daß die Ohren schlackerten.
»Normalerweise«, rief er, »hätte ich euch töten müssen, denn ich bin Axel Teuscher, der weltbekannte Killerhirsch!«
Den drei Freunden blieb fast das Herz stehen.
»Axel Teuscher?« fragte Benjamin.
Bob und Edeltraut mußten sich setzen.
»Aber wieso hast du vorhin den anderen Hirsch nicht gleich erledigt?« fragte Benjamin.
Der Hirsch senkte seinen Kopf und bohrte die linke Geweihspitze dem Menschen durch die Breitcordhose in den Schenkel.
Benjamin fiel rückwärts in ein kränkliches Gebüsch und stammelte: »Axel Teuscher! Er ist es wirklich!«

Bob und Edeltraut hatten sich aufgerappelt und fingen an, Axels Schulterblätter zu streicheln. Von vorne nach hinten und nicht mehr als zweimal pro Minute, so war es vorgeschrieben, so stand es im großen Buch der Hirsche. Viele hatten ihre Unwissenheit schon mit dem Leben bezahlt.

»Zeigst du uns deine Heimat, Axel?« fragte Edeltraut.
»Meine Heimat ist das Meerchen«, antwortete der Hirsch. »Ungefähr vier Autostunden von hier.«
»Ein Meerchen?« fragte Bob. »Das hört sich aber niedlich an!«
»Ist es auch«, sagte Axel, »unvorstellbar niedlich!«
»Gibt es auch Fischchen dort und Schiffchen?« wollte Edeltraut wissen.
Axel nickte.
»Laßt uns zum Meerchen fahren«, rief Benjamin.
»Nein«, sagte Axel, »fremde Wesen haben es sich angeeignet. Ihre Waffen sind unschlagbar. Erst denkt man: ›Ach, ein Gartenschlauch. Das ham wir gleich!‹ Doch dann verwelken die Gedanken. Und man denkt: ›Mein Gott, ein Gartenschlauch! Das ist mein Untergang!‹ Sie pusten dir den Herbst in die Birne und machen etwas Wind. Er weht dich fort.«

Die drei Menschen waren maßlos enttäuscht. Axel Teuscher, der Killerhirsch, war machtlos gegen einen Haufen fremder Wesen, die mit dem Herbst verbündet waren!
»Laßt uns gehen«, rief Edeltraut. »Laßt uns in den Bunker gehen und ein paar Flußdias anschauen!«
»Darf ich mitkommen?« bat Axel.
»Von mir aus«, sagte Edeltraut, die ein Herz für Tiere hatte. »Aber du mußt mir versprechen, nichts anzufassen! Der BUNKER OF LOVE ist sehr empfindlich, du könntest ihn mit deiner rauhen Zunge stören.«

»Versprochen«, sagte Axel und nach einer knappen Viertelstunde erreichten sie den Bunker.
Sie hüpften in die Unterhaltungszone, machten es sich bequem und gaben sich dem Zauber der Lichtbilder hin.

Beim Anblick der Donau wurde Axel schwach und tätschelte mit seinem rechten Hinterhuf den Projektor.
Das Gerät wurde böse. Es fing zu leuchten an.
Benjamin warf sich auf den Boden. Bob holte einen Feuerlöscher aus der Ecke. Der Projektor brannte lichterloh. Edeltraut verkroch sich unter das Tombolagerüst.
Axel stand fassungslos da und starrte auf Bob, der den Feuerlöscher gar nicht erst entsicherte.
Es war zu spät.
Alles was vom Projektor übrigblieb, war ein feuriger Texaseintopf. Die Stimmung war im Eimer.
Der Hirsch fühlte, daß es nicht sein Tag war, und rannte in die finstere Nacht.

Nick Nolte kam herein und machte Bob für das Desaster verantwortlich.
»Nick«, sagte Bob, »es war nicht meine Schuld.«
Nick Nolte sah Bob in die Augen.
»Du hast es nicht verhindert«, sagte er gestochen scharf.
Benjamin und Edeltraut spürten, daß er Bob demütigen wollte.
»Nick«, rief Bob, »laß uns wegen dieser dummen Sache keine Todfeinde werden!«

Aber Nick Nolte hatte sein Schwert schon aus der schlichten Scheide gezogen und ließ es auf Bob niedersausen. Bob warf sich zur Seite. Er erreichte unverletzt den Ausgang und blieb stehen.
»Lauf weg, Bob!« riefen Benjamin und Edeltraut, doch Bob hatte das Weglaufen satt.
Er zog die Stiefel aus und über seine Fäuste.
Nick Nolte grinste, als er Bob so stehen sah.
Doch ZACK! knallte der erste Absatz an die Stirn des blonden Hünen.
»Getroffen!« jubelten Benjamin und Edeltraut. Sie zogen ihre Schuhe aus und warfen sie zu Bob hinüber.
Kaum hatte Nick Nolte begriffen, was geschehen war, traf ihn Bob's zweiter Stiefel auf dieselbe Stelle. Nick wankte.
Bob sprang zu ihm hin und flüsterte ein bißchen Voodoo-Kacke in sein Ohr. Nick Nolte verlor das Gleichgewicht und plumpste ins Aquarium.
Bob bat die Zitteraale um Hilfe.
Die sonst so zickigen Elektrowürste sagten: »Aber gerne!« und erledigten den Rest.
Sie konnten Nick nicht leiden, weil er sie einmal beim Kurzschluß-Spielen gestört hatte.
Seitdem hatten sie jeden Tag NICK NOLTE, WIR HASSEN DICH! mit großen eleganten Schwüngen in den Sandboden geschrieben, um die Erinnerung an jenes widerliche Ereignis wachzuhalten.
Im Laufe der Jahre war diese Geste des Widerstands aber mehr und mehr zur lästigen Zeremonie verkommen. Nun sanken die Tiere erleichtert auf den Boden.

In die Freude über den gelungenen Racheakt floß aber ein Tröpfchen Sorge um die Zukunft ein. Denn bei allen Vorbehalten Nick Nolte gegenüber, mußten die Tiere zugeben, daß der kontrollbesessene Kybernetiker im großen und ganzen ein guter Hausmeister gewesen war. Er hatte das Aquarium optimal in Schuß gehalten.
Die Zitteraale wurden traurig und sonderten eine unbekannte hellblaue Flüssigkeit ab, eine Art Unterwasser-Vergißmeinnicht.

Edeltraut erkannte als erste, was sich da abspielte. Sie konnte die Trauer der Tiere nachvollziehen.
Auch sie hatte den allgegenwärtigen Hausmeister aufrichtig gehaßt. Doch war er es gewesen, der sie vor Jahren aus den Klauen der Ohrenlecker gerettet hatte. Jener sexuell abartigen Eishockeygemeinde, die das mittellose Mädchen nach einer abgebrochenen Maurerinnenlehre mit Wunderkerzen in die Puckplantagen gelockt und dort monatelang festgehalten hatten. Nick Nolte hatte sie damals wieder aufgepäppelt.
Ihm hatte sie es zu verdanken, daß die Folgen der unzähligen Body-Checks, bis auf ein Ziehen in den Oberarmen, fast ganz verschwunden waren.
Edeltraut zog den leblosen Körper des Hausmeisters aus dem Wasser. Das Unterwasser-Vergißmeinnicht taufte sie auf den Namen NOLTE-DROPS.

Bob und Benjamin trugen den Toten hinaus in den Garten.
Edeltraut lief zum alten Zorn. Der war zwar ange-

stellt als Schlagbaumpate, sah aber das Sargdesign als seine wahre Berufung an.
Freudig führte er Edeltraut in sein Atelier und zeigte ihr seine schönsten Stücke, die er aus Passion bis ins kleinste Detail selbst angefertigt hatte.
Edeltraut entschied sich für das Modell *Frühling auf Hawaii.* Es war ein ananasscheibenförmiger Rundsarg mit zauberhaften Blumenapplikationen aus Nudelholz.
Der geniale Alte und Edeltraut brachten den Sarg gemeinsam in den Bunkergarten. Benjamin und Bob hoben eine Grube aus.
Bevor sie den Sarg in die Tiefe senkten, schlug Edeltraut vor, die Zitteraale zu holen. Es sollten alle Mörder Nicks versammelt sein, um ihm die letzte Ehre zu erweisen.
Alle zusammen schleppten das Aquarium heran und stellten es oben auf die ausgehobene Erde, damit die Tiere eine schöne Aussicht hätten.
Der alte Zorn ergriff die Initiative und übernahm die Leitung der Trauerfeier. Er forderte alle Anwesenden auf, zum Abschied etwas Positives über den Toten zu sagen.
Niemand ließ sich lumpen, und das Spektrum der Lobhudelei reichte von Bob's »Nick, du warst O.K.« bis hin zum »Nickie, komm bald wieder« der untröstlichen Zitteraale, die diese verzweifelte Zeile mit einer Freddy-Melodie unterlegten.
Noch während sie sangen, platzte ein Regen in die bedrückte Runde und verwandelte den Garten in ein glitschiges Gelände.
Der extrem tonhaltige Erdhügel, auf dem das Aqua-

rium stand, verformte sich, der Glaskasten verlor das Gleichgewicht und rutschte in die Grube.
»Seht mal!« rief Edeltraut. »Die treuen Tiere! Sie wollen den lieben Nick in die Ewigkeit begleiten!«
Und bevor die Aale etwas erwidern konnten, senkten Bob und Benjamin den Sarg auf das Aquarium und schaufelten die Grube zu.

»Schnell rein!« rief Edeltraut. »Ich bin schon ganz durchnäßt. Nick hätte bestimmt nicht gewollt, daß wir seinetwegen unsere Gesundheit ruinieren!«
»Nie und nimmer!« riefen Bob und Benjamin.
Auch der alte Zorn brachte so schnell er konnte seine alte Haut ins Trockene.

Benjamin machte Wasser heiß. Bei einem steifen Grog erholten sich die Vier vom Abschiednehmen.
Da hörten sie ein fernes Läuten.
»Was ist das?« fragte Bob.
»Hört sich mystisch an«, antwortete Zorn. »Es erinnert mich an ein Phänomen aus meiner Jugend. Man nannte es *Das Schweigen im Walde.* Ich dachte, es sei ausgestorben. Aber das da hört sich genauso an!«
Auf dem Bildschirm verdichteten sich die Anzeichen und formierten sich zu einer vagen Hinweistafel.
Der Alte setzte seine Rätselbrille auf und ging ein paar Schritte zurück. Er wirkte angespannt.
»Freunde«, sagte er dann, »mein Blickfeld ist stark eingeengt, und meine Sehkraft läßt nach.«
»Die Tunnelkrankheit!« rief Edeltraut.

»Ja«, sagte der Alte. »Setz du die Brille auf, mein Kind, vielleicht erkennst du mehr als ich.«
Edeltraut nahm die Brille.
»Du mußt dich gehen lassen«, sagte Bob.
Edeltraut nickte, setzte die Brille auf und atmete gehörig aus.
Sie ging zur Tür und verließ den Bunker durch den SPALT D'AMOUR.
Die anderen folgten ihr.
»Sie steuert direkt auf die Klippen zu!«
Edeltraut blieb stehen und drehte den Kopf.
»Sei unbesorgt«, sprach Bob, »wir werden dich rechtzeitig stoppen. Laß dich ruhig gehen!«
Edeltraut zögerte, kniete sich hin und tastete mit den Händen vorsichtig den Boden ab.
»Hab' Vertrauen, mein Kind«, sagte der alte Zorn und zog sie hoch.
Edeltraut ging weiter bis zur Ruine des alten Pizzamuseums.
Hier nahm sie die Brille ab.
»Luigi!« rief sie. »Komm raus!«

Ein kleiner Italiener trat aus dem bröckligen Portal.
Er trug ein Glöckchen um den Hals.
»Da ist es!« rief Zorn.
»Was denn«, fragte Bob.
»Das Käseglöckchen«, sagte Benjamin. »Meine Mutter hat mir, als ich noch klein war, viel davon erzählt. Später glaubte ich, sie hätte sich das alles nur ausgedacht. Jetzt weiß ich, sie hat nichts erfunden!«
Er ging auf den braungebrannten Jungen zu und sprach mit ihm.

Die anderen konnten kein Italienisch und verfolgten das Gespräch mit großen Augen. Schließlich drehte Benjamin sich zu ihnen um und sagte: »Er ist von Stamme der Tifosi. Er sagt, ein schwerbewaffneter Hirsch hätte ihm das Glöckchen mit den Worten anvertraut: ›Damit es nicht in falsche Hände gerät.‹ Er will es nicht verschenken.«
»Ist er an einem Tausch interessiert?« fragte der alte Zorn.
Benjamin übersetzte die Frage.
Der Junge nickte.
Der Alte holte aus seinem Bauchbeutel ein mumifiziertes Stückchen Knorpel. »Das ist der linke Außenmeniskus von Sandro Mazzola, dem großen Inter-Star zu Beginn des Silicon-Zeitalters.«
Benjamin übersetzte.
Der Junge wirkte aufgeregt. Ein Wortschwall folgte. Benjamin übersetzte: »Er will noch mehr!«
Der alte Zorn zog ein Stück Knochen aus der Tasche. »Facchettis Kniescheibe«, sagte er trocken. »Das muß genügen.«
Benjamin übersetzte.
Der Junge knöpfte die weiße Nylonschnur, an der das Käseglöckchen hing, in seinem Nacken auf.
Der Alte übergab ihm den Knorpel und den Knochen. Der Tausch war perfekt.
Der Junge sprang vor Freude in die Luft und lief davon.

»Edeltraut!« sagte Zorn. »Ich möchte dir das Glöckchen schenken. Es soll dich beschützen.«
»Warum?« fragte Edeltraut.

»Weil ich dich liebe«, sagte der Alte. »Und weil ich nicht will, daß dir ein Leid geschieht.«
Bob mußte lachen, und Benjamin preßte sich den Mund mit Daumen und Zeigefinger zu.
Edeltraut war gerührt. Natürlich hatte sie die Zuneigung des Alten immer schon gespürt und seine zärtlichen Blicke genossen, aber nie hätte sie ihm diese Offenheit zugetraut.
Sie nahm das Käseglöckchen und hängte es sich um den Hals.
»Danke«, sagte sie leise und küßte den Alten auf die Schläfen.
Zufrieden ging er fort, und Bob war sich sicher, ihn nie mehr wiederzusehen. Lächelnd schaute er ihm nach.
Benjamin erriet die Gedanken seines Freundes und fragte: »Du glaubst also, daß er sich ein Plätzchen suchen wird?«
»Ja«, sagte Bob.

Edeltraut sah zum Himmel und winkte einer einzelnen kleinen gelben Wolke zu. Es war die Wolke Amarillo, die in zwei Wochen auf Las Vegas regnen wollte und auf einen Westwind hoffte.
»He, Amarillo«, rief Bob, der alle Wolken kannte, »komm runter und leiste uns Gesellschaft! Der Wind, auf den du wartest, ist noch weit von hier!«
Die Wolke überlegte kurz, gesellte sich dann aber freudig zu den Menschen.
»Es muß sehr schön sein, so zu schweben!« sagte Edeltraut.
Amarillo stimmte ihr versonnen zu.

»Ich könnte mir gar nichts anderes mehr vorstellen! Als ich noch eine gewöhnliche Notrufsäule war, gab es lange Phasen voll Traurigkeit. Ich sehnte mich nach Pannen und Karambolagen. Es war furchtbar. Bis ich eines Tages Otto kennenlernte, den praktischen Statistiker. Er war von seinem Arbeitgeber mit einer Spezialkamera ausgerüstet worden, um die Ansicht des Bundesverkehrsministers zu erhärten, daß Alleinfahrer auf Autobahnen am Tag bei dichtem Nebel mehr unter Gähnsucht leiden als nachts bei klarer Sicht. Bei Neumond schmiegte Otto sich an mich. Er war mein erstes sexuelles Erlebnis, und wir wurden ein Paar. Es waren die schönsten Jahre meines Lebens. Als sein Auftrag erledigt war, nahm er mich mit in seine Heimat. Er stellte mich seiner Frau Rita als Geliebte vor. Rita war froh, mich endlich kennenzulernen, und schloß mich in ihr Herz. Sie stellten mich im Garten unterm Kirschbaum auf. Was soll ich sagen, mein Glück war unbeschreiblich.«

Bob sah die Wolke mitleidig an.

Er wußte, daß sie eine notorische Lügnerin war, eine typische Angeberwolke, gelb vor Neid auf alles, was sich unter ihr bewegte. Aber er wußte nicht, daß sie dem Messerhirschen Hubi hörig war. Hubi hatte Amarillo befohlen, die drei, die seinem Intimfeind Axel Teuscher beim letzten Kampf geholfen hatten, ausfindig zu machen, und sie solange festzuhalten, bis er zur Stelle wäre.

Alles ging rasend schnell.

Als Bob eine Ahnung befiel, war es bereits zu spät.

Hubi stand hinter ihm. Seine Messerklinge bohrte sich in den Rücken des unbewaffneten Försters. Bevor Benjamin den Ernst der Lage begriff, flog er durch die Luft. Hubi spießte ihn – *voll, ey* – auf und warf die Leiche auf den Organspendeschlitten.
Edeltraut wurde von Amarillo eingenebelt und verlor das Bewußtsein.
Als sie erwachte, stand Hubi über ihr. Er starrte auf das Käseglöckchen und grinste.
»Mach sie fertig«, fauchte Amarillo.
Hubi senkte das Geweih zum tödlichen Stoß. Da knickten seine Hinterläufe ein. Die Augen verdrehten sich wie bei einem, der etwas echt unmöglich findet. Hubi blutete am Hinterkopf und fiel auf seine rechte Seite. Er zuckte, zweimal mit den Ohren, viermal mit dem Penis. Dann war es aus.
Ein anderer Hirsch hatte den Kampfplatz betreten. Axel Teuscher. Auf seinem Rücken saß der alte Zorn. Er hatte Axels Geweih zu einer Schleuder umfunktioniert.
Edeltraut richtete sich auf und sah das tolle Duo dankbar an. Das also war Axels Geheimnis!
Dann fiel ihr Amarillo ein. Sie sah sich um. Die Wolke war verschwunden.
»Die Wolke!« rief sie. »Wir müssen sie verfolgen!«
»Zwecklos«, sagte der Killerhirsch.
»Aber wir können dieses verlogene Ding nicht einfach entkommen lassen«, sagte Edeltraut.
Der Hirsch senkte den Kopf. »Gegen Amarillo sind wir machtlos! Aber, Edeltraut, sei nicht traurig! Ein Südwind hat sie mitgenommen. Südwinde sammeln bunte Wolken und verhökern sie an belgische TV-

Designer für eine Handvoll Singvögel. Die wirst du nie mehr wiedersehen!«

»Gut«, sagte Edeltraut, »sehr gut!« Sie küßte das Käseglöckchen und ging zum alten Zorn.

»Und woher wußten Sie, daß Hubi uns drei vernichten wollte?«

»Axel erzählte mir, wie ihr ihn gerettet habt und daß Hubi Rache schwor. Als wir Amarillo vorbeiziehen sahen, wußten wir Bescheid. Tut mir leid für Bob und Benjamin.«

»Mir auch«, schluchzte Edeltraut. »Sie waren ohne Chance!«

»Nein«, sagte der alte Zorn. »Sie hätten nur das Käseglöckchen läuten müssen. Hubi hätte sich vor Schmerz gewunden. Kein Hirsch verträgt so dämliche Frequenzen. Bob hätte das wissen müssen. Benjamin ebenso. Er war schließlich Tontechniker.«

»Dann haben beide beruflich versagt?« folgerte Edeltraut.

Ihr Retter nickte: »Zwei Nieten.«

»Zwei Nieten«, wiederholte Edeltraut. »Und sowas hab' ich mit mir rumgeschleppt!«

»Vergiß sie!« rief Axel, der einen Rosengarten entdeckt hatte und die jungen zarten Blätter naschte. »Vergiß sie, Edeltraut. Schau dir die Farben an. Die Welt ist wie verwandelt!«

»Der Frühling!« rief Edeltraut und sah den alten Zorn begeistert an.

»Ja«, sagte der und kippte seinen Hut. »Der Frühling ist ein Zauberer.«

Das Schicksal im August

Nach der Trickfilmschau hatte die ehemalige Einzelhandelspraktikantin Lola den Fernseher ausgemacht und sich auf dem verwilderten Grundstück hinter der stillgelegten Porzellanschneckenfabrik nach bekömmlichen Stöckchen für ihre beiden Wellensittiche Klaus und Klaus umgesehen.
Dabei machte sie eine so gute Figur, daß der Langweiler Nils P., kurz Nille, sich in sie verliebte und das Fernglas, durch das er Lola von seinem Kellerfenster aus unter die Lupe genommen hatte, vor Aufregung zerlegte und die Einzelteile anschrie.

Als Lola C. auf ihrem Rückweg Nilles Haus passierte, hörte sie den Lärm und wurde von der Vitalität seiner Stimme magisch angezogen.
Lola C. warf ihre Kleider in die Luft und stürzte in den Keller, ohne zu bedenken, was für Folgen diese Lebensgier provozieren könnte.

Es kam so, wie es kommen mußte: Nille war angewidert.
Seit vielen Jahren stand er der Popularität von Sex sehr kritisch gegenüber. Er machte sie sogar für alles Böse auf der Welt verantwortlich. Was sicher übertrieben war und Nilles totalitären Charakter offenbarte.
Es tat ihm weh, die geliebte Lola so nahen zu sehen, so schwanzfixiert und spermageil.

Weil er aber ein Langweiler war, fiel ihm nichts besseres ein, als sich ebenfalls schnell auszuziehen und unter die Eierkohlen zu kriechen, die er wegen der Sommerpreise schon hatte kommen lassen.
»Hier wird sie mich nicht finden«, glaubte der talentierte Schachamateur.
Doch Lola fand ihn.

So begann ein kurzes Glück. Es hatte seinen letzten Höhepunkt auf jener Liegewiese, die, zwischen Wellensee und Magnumbaude gelegen, in der warmen Jahreszeit Badesüchtige jeden Alters mit sattem Grün verwöhnt.

Es war ein herrlicher Spätsommertag. Das verliebte Paar schlenderte den Sandweg zum Strand entlang. Die Holunderbeeren hingen schwer und schwarz. Die Blätter vieler Bäume hatten, als sei der Sommer für sie ein für allemal erledigt, schon schlapp gemacht. Die Farbe des Himmels war violett. Wenn jemand etwas Nettes über ihn hätte sagen wollen, wäre das vielleicht gewesen: »Der ist noch einmal mit einem blauen Auge davongekommen.«

»Findest du nicht auch«, fragte Lola, »daß der Himmel etwas Violettes hat?«
Nille nickte.
Vom Onanieren farbenblind geworden, war er gar nicht kompetent. Er schämte sich aber, seine Behinderung offen einzugestehen.
»Eigentlich schön«, sagte Lola. »Von mir aus könnte er noch violetter sein. Ich liebe Violett.«

Sie hatten die Liegewiese erreicht und breiteten die karierte Decke aus.
Als Lola in ihren violetten Einteiler schlüpfte, schrie Nille auf.
Zuerst dachte sie an Eifersucht, denn wie die umliegenden Männer auf ihren knackigen Po guckten, war nicht zu übersehen.
Doch dann war sie aufgeregt und hilflos: Eine Wespe hatte Nille in die Eichelspitze gestochen.

Während Nille die anderen Badegäste um Hilfe bat, kam Lola, im Umgang mit Insektenstichen unerfahren, nach einigem Hin und Her auf die Idee, das Glied mit ihrer Armbanduhr abzubinden.
»Aussaugen!« rief ein älterer Herr, »das Gift muß raus!«
Er griff nach Nilles Penis. Aber Lola kam ihm zuvor.
»Ausspucken!« rief der Alte. »Schmecken Sie das Gift?«
Lola schüttelte den Kopf und saugte weiter.
»Aber Sie müssen das Gift schmecken«, sagte der Alte ungläubig. »Es schmeckt bitter. Spucken Sie es aus. Sonst werden Sie lesbisch!«
Die ganze Liegewiese horchte auf.
Niemand hatte gewußt, daß das Aussaugen von Wespenstichen lesbisch macht, obwohl natürlich vielen schon die Ähnlichkeit der Worte aufgefallen war.
Lola spuckte aus.
Das weiße klebrige Wespengift flog auf die Liegewiese.

»Schnell den Mund ausspülen«, empfahl der ältere Herr.
Lola rannte an das Wasser und gurgelte so gründlich, daß sie fast ertrunken wäre.
»Wie fühlst du dich?« fragte Nille, als sie wieder auf die Decke zurückgekehrt war.
»Gut«, sagte Lola. »Und selbst?«
»Auch gut«, sagte Nille. »Wollen wir schwimmen?«
»Lieber springen!« antwortete Lola.
Lola und Nille stiegen auf den alten, wackligen Drei-Meter-Turm.

Oben angekommen verriet Lola Nille, daß sie noch vor dem Herbst mit ihm Schluß machen wolle.
»Vor dem Herbst?« fragte Nille. »Was heißt das?«
»Sofort!« sagte Lola.
Nille murmelte: »Das Gift!«
»Ja«, flüsterte Lola. »Ich bin eine Kampflesbe geworden.«
Traurig sprang Nille in die Tiefe.
Es dauerte eine halbe Ewigkeit, bis er wieder auftauchte, für niemand sichtbar, irgendwo im Schilf.
Lola stand noch lange oben und blickte über den See nach Uferow hinüber, dessen spitzer Kirchturm auf den Partnerstern der Sonne zeigte.

Jutta und ihre Folgen

Wie schnell sich etwas ändern kann, mußte vor kurzem Jutta K. aus Rothenburg erfahren.

Am Sonnabend war sie in aller Stille zur MISS PISTAZIE gewählt worden.
Am Sonntag hatte sie noch in aller Ruhe die lukrativen Werbeverträge unterzeichnet.
Am Montag war schon alles Schall und Rauch.

Es tauchten in der Presse Fotos auf, die sie nur karg bekleidet beim Knacken einer Paranuß zeigten. Das stempelte Jutta K. eindeutig zur Betrügerin. Vor der Konkurrenz hatten alle Teilnehmerinnen schwören müssen, verrückt nach Pistazien zu sein und noch nie eine andere Nuß angerührt zu haben. Die Verträge wurden sofort annulliert. Das schicke grüne Chanel-Kostüm wurde noch am Vormittag samt Krönchen vom Laufburschen eines Jury-Mitglieds abgeholt. Die zweitplazierte Putzi Pohmann aus Frankfurt/Oder wurde zur neuen Miss Pistazie gekürt.

Juttas Eltern schämten sich in Grund und Boden.
Sie schickten die verkommene Tochter aus dem Haus.
Ihr Verlobter Jürgen, dem sie die Idee, an diesem schönen Wettbewerb teilzunehmen, eigentlich verdankte, wollte nichts mehr von ihr wissen. Und ihre

besten Freundinnen konnten endlich mal dem Neid auf Juttas tolle Figur freien Lauf lassen.

Nun saß das arme Mädchen da, allein, in Sichtweite des Elternhauses auf der Bordsteinkante, und alles, was sie jetzt noch hatte, war ihre alte Schlabberhose.
Die wollte Jutta trösten und sprach: »Ach Jutta, sei nicht traurig. Die Welt ist groß. Du bist nicht auf den Mund gefallen, und wir leben im Zeitalter der Kommunikation. Ich bin anspruchslos, bequem und unauffällig. Da wäre es doch gelacht, wenn wir zwei nicht irgendwo unterkommen könnten. Vielleicht sogar beim Film. Wer weiß, steh auf. Wir gehen nach München.«
Jutta sah die Schlabberhose mit großen Augen an. Sie streichelte die Hose und wischte sich mit ihrem blonden Haar die Tränen fort.
Sie brachen auf nach München.

Dort wurde Jutta Flittchen, und die Schlabberhose landete in einem Altkleider-Depot als Wischlappen. Normalerweise hätte die Putzfrau sie nach ein, zwei Wochen weggeworfen. Wegen ihrer super Saugfähigkeit aber wurde die Schlabberhose zum Star der Raumpflegestation.
Der Schrubber Erwin verliebte sich in sie.

Eines Nachts, als alle anderen schliefen, rutschte er zur Schlabberhose, die noch halbnaß und müde über dem roten Plastikeimer Egon hing.
»Wie heißt du?« fragte er die Schlabberhose.

Sie fuhr erschrocken hoch und zischte: »Du hast ja einen stehn!«
»Weiß ich«, sagte Erwin leise. »Hast du was gegen Leute mit Stiel?«
»Im Gegenteil«, sagte die Schlabberhose. Sie suchte fieberhaft nach einem Namen, denn sie hatte keinen.
»Also«, sagte der charmante Schrubber, »sagst du mir deinen Namen?«
»Jutta«, sagte die Schlabberhose. »Ich heiße Jutta.«
Der Schrubber sah ihr in die Augen, und sie erwiderte seinen sehnsuchtsvollen Blick. Beide spürten, daß es Liebe war. Die wahre Liebe.

Von da an waren beide unzertrennlich und wurden für ihre Umwelt zum Problem.
Ständig hingen sie zusammen. Ständig drang aus irgendeiner dunklen Ecke das Echo ihres rasenden Verlangens. Selbst der liberale Depot-Leiter, der die Ruhestörungen anfangs noch auf die leichte Schulter nahm und weise wirkte, als er meinte, daß der Sturm sich legen würde, mußte der Schlabberhose Jutta und dem Schrubber Erwin nach vierzehn Tagen auf Drängen seiner Mitarbeiter wegen Verursachung pornographischer Geräusche die Kündigung überreichen.
Nur schwach und unbeteiligt nahmen die beiden Liebenden den Vorgang durch den Filter ihrer jubelnden Gefühle wahr. Jedoch die Nacht darauf mußten sie schon auf dem Hof verbringen. Zusammen mit zwei ausrangierten Schreibmaschinen, die beide Gabriele hießen, und einer unsympathischen, uralten Festplatte.

Am nächsten Morgen beschloß das Pärchen nach Süden aufzubrechen.

So begann für sie eine herrliche Zeit des Vagabundierens.
Die elegante Jutta, immer lässig bis zum Saum, und der schlanke Erwin, der neben seiner lockeren Gefährtin stets etwas hölzern wirkte. Sie sahen Füssen und Bad Tölz, besuchten Reit im Winkl, Berchtesgaden und noch viele andere weltberühmte Orte.
Bis ihnen eines Tages das Unglück begegnete.
Es hatte einen Sturzhelm auf aus Lebkuchen mit Zuckerguß, trug einen fahlen Parka und machte insgesamt einen verwegenen Eindruck.
Als es Jutta sah, erhellte sich sein finsteres Gesicht, denn die Schlabberhose traf genau seinen Geschmack. Das Unglück zog sie an, und Jutta paßte wie angegossen.
»Halt!« rief Erwin noch. »Ziehen Sie sofort meine Verlobte aus!«
Aber das Unglück wunderte sich nur und schleuderte den wehrlosen Schrubber über den Brenner bis weit nach Südtirol hinein. Dort bohrte er sich in den Garten eines Herrgottsschnitzers und schlug aus Verzweiflung Wurzeln.

»Ein Wunder!« rief der tiefgläubige Mann, als er entdeckte, was da auf seinem Boden vor sich ging.
Der Vatikan entsandte acht Experten. Alle bestätigten den Verdacht des Schnitzers.
Ein Wunder ist geschehen, faxten sie dem Papst nach Peking, wo dieser sich den Platz des Himmli-

schen Friedens so gut es ging einprägte, weil er ihn in der Nähe von Neapel maßstabgetreu nachbilden wollte.

Als er die Nachricht aus der Heimat las, blieb er gelassen.

Er hatte schon zu viele Flops erlebt, als daß er wegen so was seine Reise vorzeitig abgebrochen hätte.

Er faxte schöne Grüße nach Tirol. Er sei gespannt darauf, welche Früchte der heilige Baum tragen werde.

In der Zwischenzeit hatte das Unglück ganz Europa auf der Suche nach passenden Schuhen abgeklappert. Nach Schuhen, die zu Jutta paßten.

Als es noch keine Hose hatte, waren ihm alle recht gewesen, nun aber war es wählerisch geworden.

Es suchte überall, es drehte jeden Europäer dreimal um. Vielen wurde schwindlig, und sie riefen:

»Hui! Wir hängen in der Luft!«

Das Unglück ließ sie hängen.

Es stürzte sich auf einen Parkplatz, um ihn zu verwüsten.

Der Parkplatz rief in seiner Not: »Oh bitte, tu mir nichts! Ich bin ein großer Fan von dir und ganz frisch asphaltiert.«

Das Unglück stutzte. »Was, du willst mich ablenken?«

»Nein«, rief der Parkplatz. »Ich will dir helfen!«

»Hast du das gehört, Jutta?« fragte das Unglück die Schlabberhose. »Der Parkplatz will uns helfen.«

»Ja«, sagte Jutta. »Was ist daran so komisch? Ein Parkplatz ist von Natur aus hilfsbereit. Wer weiß, vielleicht hat er eine Idee, wo du die Schuhe finden kannst.«

»Schuhe?« fragte der Parkplatz. »Ihr sucht Schuhe?«

»Ja«, sagte Jutta, »wir suchen Schuhe, die zu mir passen. Wir waren schon überall. »

»Auch in den großen Museen?« fragte der Parkplatz.

Jutta nickte.

»Seht ihr das Gebäude da vorne?« fragte der Parkplatz und zeigte auf eine DEUTSCHE-BANK-Filiale. »Da müßt ihr graben. Da liegen Schuster aus der Bronzezeit mit ihren Musterkoffern. Sie wurden damals bei einer Fachmesse von einer Kältefront überrascht. Luftmassen polaren Ursprungs nagelten sie in ihren Kojen fest. Sie müßten gut erhalten sein und ihre Schuhe auch.«

»Woher willst du das wissen?« fragte das Unglück.

»Ich habe eine archäologische Ader«, sagte der Parkplatz.

Jutta flüsterte dem Unglück zu: »Laß uns nachsehen. Wenn er gelogen hat, können wir ihn immer noch verwüsten.« Das leuchtete dem Unglück ein.

Es lief zum Grundstück der Deutschen Bank und schob das Gebäude zur Seite auf die Straßenkreuzung. Die verwirrten Autofahrer stiegen aus und streichelten den Nachtschalter, ein Ereignis, das als ›Zarte Welle‹ in die Annalen des Straßenverkehrs einging.

Derweil buddelte das Unglück wie besessen nach diesen Schuhen aus der Bronzezeit.

Es wurde fündig. Der Parkplatz hatte nicht gelogen! Das Unglück entschied sich nach langem Hin und Her für ein Paar rustikale Stiefeletten mit Plateausohlen aus Bronze. Das Obermaterial war herrlich weich und über und über mit erotischen Motiven bedeckt.
Das Unglück freute sich wie Hansi Blötkontainer bei seiner ersten Pressekonferenz. Es tanzte wild und ungehemmt als Hurrikan durch ganz Deutschland und blieb mit seiner Hose an einem Tannenbaum hängen, den eine glückliche Familie gerade in ihrem Garten gepflanzt hatte.
Jutta wurde zerrissen.
Die glückliche Familie wunderte sich über die kaputte Schlabberhose in ihrem Weihnachtsbaum.
Die Kinder riefen: »Was soll das? Wer hat dich hier verloren?«
Die Mutter sagte: »Still! Seid still. Sie will uns etwas sagen.«
Und der Vater rief: »Zu spät. Sie ist tot. Vielleicht kannst du aus ihr noch ein paar hübsche Vorhänge zaubern, Hilti.«
Die Mutter wehrte ab: »Maggifarbene Vorhänge wirken deprimierend, Jochen. Denk an unseren Campingurlaub letztes Jahr. Das Zelt hatte die gleiche Farbe.«
»Nein«, sagte der Vater, »das Zelt war ocker, dunkelocker.«
»Streitet euch nicht«, schlugen die Kinder vor. »Wir zünden die olle Hose an, dann ist alles wieder gut.«
Der Vater gab ihnen sein Feuerzeug, und Jutta ging in Flammen auf.

Sie schmolz den harten, schmutzigen Schnee, und übrig blieb ein Häufchen Asche, das die Kinder mit gespielter Aggressivität in Grund und Boden stampften.
Als das Unglück merkte, daß es Jutta verloren hatte, machte es unverzüglich kehrt und war untröstlich, daß es sie nicht finden konnte. Es weinte sich die Augen aus und schlug blindlings um sich.
Dabei traf es einen Felsen in der Tschechischen Republik.
Ein unbekanntes Bier quoll aus der frischen Spalte.
Das Unglück taufte es auf den Namen ›Jutta Pilsener‹.
Es ist inzwischen auf der ganzen Welt verbreitet und wird bei NATO-Einsätzen deutscher Truppen als Anal-Gel eingesetzt.
Soviel zu Juttas Ende.
Was aber war mit Erwin?
Der blühte auf in Südtirol.
Und als der Sommer kam, staunten die unzähligen Pilger nicht schlecht, als tausend kleine Schlabberhosen an Erwins Zweigen tanzten. Sie grapschten nach ihnen, als wären sie der Rocksaum des Herrn.
So kam es, daß der Papst die Schweizer Garde in den Wundergarten schickte.
Die schlug mit ihren blanken Hellebarden so manchem auf die Pfoten, der glaubte, gratis geheilt zu werden!

Das Flüstern der Flamingos

Wir hatten uns verabredet.
Punkt fünf vor der AOK.
Aber wer nicht kam, war Monika.
Sollte sie unsere Verabredung vergessen haben? Oder verdrängt? War sie bei einem anderen? Machten beide Witzchen über mich und meine Schüchternheit?
Ich suchte nach Erklärungen. Kurz vor halb sechs kam mir alles verdächtig vor. Ich meine *alles*.

Die Wolken hingen schwer und grau. Die Busse schleppten sich vorüber. Aus ihren Fenstern blickten mich die Menschen mürrisch an.
Die Menschen wollten sagen: »Das darf doch nicht wahr sein, wo bleibt die Polizei?« Die fuhr jedoch direkt hinter den Bussen her und wirkte übernächtigt.

Vor einer Telefonzelle hatte sich eine kleine Menschenmenge gebildet, ohne ersichtlichen Grund.
Beim Gärtner gegenüber gab's Geschrei. Zwei Alpenveilchen flogen auf die Straße. Hinterher ein Eimer Gerberas.
»Ich kann die Blüten nicht mehr sehn!« schrie eine Frau.

Dann gab es einen Aufprall an der Kreuzung. Rechts von mir.

Ein PKW hatte ebenfalls ohne ersichtlichen Grund, also in voller Absicht, eine Ampel umgeknickt.
Die Ampel hatte den Dackel eines älteren Herrn erschlagen.
Ich lief sofort zum Unfallort. Gemeinsam mit einem Frührentner, der vor mir da war, beschimpfte ich den verletzten Autofahrer.

Der Dackel hieß tatsächlich *Little Joe*.
Immer wieder stammelte der sehr gepflegte Herr den Namen seines treuen Partners. Er nahm das tote Tier hoch und trug es um die Ecke auf den Kinderspielplatz. Der Mann stand noch unter Schock. Im Schatten der Rutsche begann er, das geliebte Tier mit bloßen Händen zu beerdigen.
Zwei Mütter, deren Kinder wippten, schritten ein. Sie hatten keine Ahnung von der Tragödie und scheuchten den verstörten Mann in eine Kneipe.
Ich wandte mich ab und bat den Frührentner, der sich jetzt beruhigt hatte, um eine Zigarette.

Es war schon sechs. Mit Monika war nicht mehr zu rechnen.
Ich ging zum Auto und setzte mich ratlos ans Steuer mit der Gewißheit, daß sie einem Verbrechen zum Opfer gefallen war.
Ich fuhr zu ihr nach Hause, obwohl sie mich gewarnt hatte. Mein Mann kann Karate!
Ich klopfte an die Wohnungstür neben dem Namensschildchen, auf dem nur SCHRÖGER stand.

Die Tür ging auf.
Ein hagerer, nervöser Typ stand vor mir.
Ich gab mich als Autobahnbefürworter aus, der die Stimmung im Volk herauskriegen sollte, und fragte, ob eher JA oder NEIN.
Der Mann sagte: »Eher ja.«
Der Typ wollte mich abwimmeln.
»Moment mal«, rief ich, »was denkt Ihre Frau?«
»Auch eher ja«, sagte der Mann.
»Woher wollen Sie das wissen?« fragte ich freundlich.
Er sagte, genauso freundlich: »Aus Erfahrung.«
»Hören Sie«, sagte ich, nun ein wenig streng. »Das müßte ich von ihr persönlich hören. Sonst kann ich ihre Stimme nicht mitzählen.«
»Monika!« rief der Mann. »Komm doch mal an die Tür!«

»Ja, Schatz!« hörte ich Monika von weitem.
Schon hörte ich ihre Schritte.
Sparsam geschminkt, in einem weißen Pulli, tauchte sie aus dem dunklen Flur auf.

»Liebling«, sagte der Mann, »der Herr hier will was wissen.«
Ohne Anflug von Verlegenheit, kein bißchen überrascht, sah Monika mir in die Augen.
Sie hörte meine Frage und meinte: »Eher NEIN.«
»Sehn Sie«, sagte ich zu ihrem Mann, »so kann man sich täuschen.«
Ich zog meinen Notizblock, den ich stets mit mir herumschleppe, aus der Innentasche meines Man-

tels, schlug ganz hinten auf und machte zwei Kreuzchen.
Eins links, eins rechts.
»So«, sagte ich, »das war's dann schon. Auf Wiedersehn.«
Die Schrögers sagten beide *tschüssi*.
Nacheinander und gleich laut.

Ich stieg eine Treppe höher und hörte, wie die Tür ins Schloß fiel.
Dann ging ich die Treppe wieder runter.
So gut es ging, mußte ich meinen Schrecken verbergen. Monika und ihr Mann standen vor der geschlossenen Tür.
Ich sagte lächelnd Feierabend und tänzelte an den beiden vorbei.
Ich fuhr ins Fitneß-Center, um mich abzulenken.

Die nächsten Tage waren eine einzige Tortur.
Ich hatte einen Job als Fan-Post-Öffner bei einem privaten Fernsehsender angenommen.
Die Arbeit erlaubte mir, die schöne Zeit mit Monika noch einmal Revue passieren zu lassen.
Sollte diese Liebe wirklich so zu Ende gehen?

Am Wochenende rief mich Phillip an. Er war ein alter Freund und Theaterautor. Seine Stücke hatten nie eine Bühne gesehen.
Ich fragte, wie stets, nach seiner neuesten Komödie.
Er sagte: »Stell dir vor, es ist Krieg. Und keiner finanziert ihn. Die Soldaten müssen arbeiten gehen und können erst nach Feierabend an die Front.«

»Also, es geht um die Doppelbelastung der Truppe. Durch Arbeit und Beruf«, unterbrach ich.
»Nicht wirklich«, korrigierte Phillip. »Ich brauche diesen Einstieg nur als Vorbereitung für die eigentliche…«
KNACK machte es in der Leitung. Die Verbindung war weg. Kein Ton mehr. Kein Geräusch.

Ich legte auf, wartete ein paar Sekunden und wollte Phillip zurückrufen.
Da gingen alle Lichter aus. Und ich hatte die erste Erscheinung meines Lebens.
Ausgerechnet mir passierte das Unglaubliche, obwohl ich schon meine Großmutter wegen ihrer exzessiven Wallfahrterei verachtet hatte.

Vom Fensterkreuz, das vor dem blauen Nachthimmel lehnte, stiegen zwei Gestalten herab. Ich konnte einen Mann und eine Frau erkennen.
Als sie ganz nahe vor mir standen, sah ich, daß der Mann Roy Black, der legendäre Schlagersänger, war.
»Was kann ich für euch tun?« brachte ich stockend hervor.
»Frag Maria!« sagte der angegraute Sänger.
Jetzt wurde mir klar, wie hoch dieser Besuch war. Denn die Mutter Gottes ist auch für einen Ungläubigen mindestens so prominent wie Madonna oder Maradona.
Ich sah Maria an, stellte meine Frage aber nicht nochmal.
Es war gar nicht nötig, denn Maria sprach, und

zwar eindringlich. In gebrochenem Italienisch machte sie mir klar, daß ich die Sache mit Monika vergessen solle.
Ein für allemal.
Roy Black nickte die ganze Zeit.
Auf ein Zeichen der Begleiterin begann er, meine Fotoalben zu durchsuchen, riß alle Bilder, auf denen Monika zu sehen war, heraus und verbrannte sie durch bloße Konzentration.
Zielstrebig vernichtete er alle Sachen in meiner Wohnung, die an Monika erinnerten. Wieder durch bloße Konzentration.
Ich wollte protestieren, konnte aber meine Augen nicht von Maria abwenden. Meine Stimme versagte.
Maria lächelte.
Roy Black kam nach getaner Arbeit aus dem Badezimmer. Dann stellte er sich neben die Frau in Weiß, und beide lösten sich rückwärtsgehend in Luft auf.

Es war, wie gesagt, die erste Erscheinung meines Lebens, und ich war entsprechend mitgenommen.
Der Abscheu gegen alles Katholische löste in mir Schwermut und Scham aus. Scham wegen der offenbaren Schwäche für die übernatürlichen Aspekte dieser Glaubensrichtung. Mit dieser schweren Krise gingen kritische Gedanken über meinen beruflichen Werdegang einher. Ich dachte an Umschulung, und immer stärker drängte sich die Frage nach meiner Identität in den Vordergrund. War ich wirklich der, für den mich meine Umwelt hielt? War ich wirklich ein umgänglicher Mensch mit eigenen Gedanken,

sozialer Ader und sportlicher Begabung? Schlummerte in mir nicht auch ein Monster, eine geltungssüchtige, sexbesessene Bestie, amoralisch durch und durch, von Todessehnsucht angestachelt, bisher allein durch eingefleischte Angst vor Strafe im dunklen Schacht der Seele ruhiggestellt? War meine Freundlichkeit, selbst Fremden gegenüber, nicht auch nur eine Maske, die mein wahres Gesicht verbergen sollte, diese Fratze heidnischer Rachsucht? Wollte ich nicht im Grunde meines Herzens die Schmach meines bisherigen Lebens tilgen, eines Lebens im Mittelmaß gewöhnlicher Gefühle unter der Diktatur Amerikas und seiner kindischen Zufriedenheit mit der Beherrschung neuer Technik?
So bohrten sich Zweifel in mein angeknackstes Selbstbewußtsein, Zweifel in Form von Platitüden, wie Phillip meinte, als ich ihn nach drei Tagen anrief und ihm meine Situation schilderte.
»Du willst mein Freund sein?« schrie ich ins Telefon und warf den Hörer fort.

Am nächsten Morgen wachte ich mit Kopfschmerzen auf. Die Schmerzen kamen in den nächsten Wochen immer wieder und dehnten sich über den ganzen Körper aus.
»Kopfschmerzen im ganzen Körper?« fragte meine neue Ärztin.
Als sie kurz ins Nebenzimmer ging, um sich ein neues Rezeptblöckchen zu holen, warf ich einen Blick auf meine Akte, die sie eben erst begonnen hatte. Psychosomatische Beschwerden bei hysterischer Persönlichkeit, stand da.

»Wie kann ein Mensch so etwas über einen anderen schreiben?« dachte ich in meinem ausgelaugten Zustand.
Schließlich verschrieb sie mir Ultraschallmassagen. Die machten mich aber nur noch müder.
Ich begriff, daß es sinnlos war, auf fremde Hilfe zu hoffen. Ich mußte mir selber helfen, das war klar.
Die Lösung meiner Probleme konnte nur über die Klärung des Verhältnisses zu Monika erfolgen. Denn Monika ging mir nach wie vor nicht aus dem Sinn:
Hatte sie mir nicht von ihrer Begeisterung für die Tierwelt erzählt, damals im Freibad? Ja, sie hatte mir regelrecht von den Walen vorgeschwärmt, von ihrer Zärtlichkeit beim Liebesspiel. Über die Ausrottung ganzer Arten hatte sie gesprochen.
Eine vage Hoffnung trieb mich in den Zoo.

Es war ein diesiger Novembertag.
Ich hatte meinen Arbeitslosenausweis vergessen und mußte den vollen Eintrittspreis bezahlen.
Die Pelikane standen dicht gedrängt am Zaun und sahen mich aggressiv und fordernd an.
Ich pickte mir einen heraus und sah ihm tief in die Augen, ohne an irgendwas zu denken.
Da spürte ich eine Hand auf meiner Schulter.
»Heinz, was machst du denn hier?« fragte mich Monika.
»Ich suche dich, nur dich«, gab ich ohne Umschweife zu.
»Aber warum starrst du dann die Pelikane an?« hakte sie nochmal nach. »Flamingos sind doch

meine Lieblingstiere. Du solltest die mal flüstern hören.«

»Flüstern?« fragte ich.

»Ja, flüstern«, sagte sie.

Und damit war für mich die ganze Angelegenheit beendet.

Ich schubste sie gegen den Zaun des Pelikangeheges und rannte zum Ausgang.

Ich fuhr hinaus in die Natur und beschloß, noch in der gleichen Nacht mein Meisterwerk zu malen. Es würde *Förster-Liesl* heißen und so zerfleddert aussehen wie sonst nur Engelvieh.

La Luna

Mit versteckter Abflußkamera hatte die Umweltpolizei Heinz ertappt, wie er schimmelige Aprikosen ins Klo kippte.

Sein Abfluß wurde für acht Wochen gesperrt.
Heinz mußte sich einen Eimer anschaffen, den er im Schutz der Dunkelheit im Garten hinterm Haus entleerte.

In der vierten Nacht trat sein Nachbar aus dem Dahlienschatten und fragte: »Na Heinz, so spät noch im Garten?«
»Ja«, sagte Heinz. »Die Tage ziehen so schnell vorbei. Da nutzt man halt die Nächte zur Regeneration.«
»Ach«, flüsterte der Nachbar, »heißt Kotloswerden Regeneration?«
»Kotloswerden?« wiederholte Heinz mit butterweichen Knien.
»Tun Sie nicht so scheinheilig«, fuhr ihn der Nachbar an. »Ihr Abfluß ist gesperrt. Das hab' ich im KANALECHO gelesen. Und wenn ich meinem Schwager erzähle, was Sie hier tun – mein Gott, so weit muß es nicht kommen! Sie können meiner Frau und mir und vor allem unserem Dackel Fritz einen Gefallen tun. Dann hätt' ich nichts gesehn.«
»Einen Gefallen?« fragte Heinz.
»Fritz ist so einsam«, fuhr der Nachbar fort. »Und

meine Frau und ich sähen es gern, wenn sich mal jemand um ihn kümmern würde. So von ganzem Herzen und ohne Tabus. Sie wissen, was ich meine…?«
Heinz sagte: »Lieber Nachbar! Auch ich bin tierlieb und will mich gern erkenntlich zeigen, wenn Sie vergeßlich sind.«
Der Nachbar nickte zufrieden, und sie vereinbarten den nächsten Abend.

Es wurde ein Fiasko.
Fritz biß Heinz in beide Oberschenkel und erlitt einen Zusammenbruch.
Trotz Herzmassagen starb das Tier.
Die Nachbarn waren so schockiert, daß auch sie Heinz beißen wollten.
Sie jagten ihn durchs Haus und hinaus in den Garten, wo der Nachbar über Heinz' Eimer stolperte, der letzte Nacht vergessen worden war. Der Eimer kippte um, und fette Juwelen rollten heraus.
Alle blieben stehen und staunten über die braunen Edelsteine.
»Das ist ein Zaubereimer«, sagte die Frau des Nachbarn und drehte den Eimer um.
Bald schon tanzte die Nachbarin auf einem blitzenden Juwelenhaufen.

Zusehends füllte sich der Garten mit den Steinen. Anwohner wurden auf das jauchzende Trio aufmerksam, lugten erst durch die Gardinen und stürzten dann mit Schaufeln, Tüten, Taschen, Säcken in die sternenklare Nacht hinaus.

Bald war die Nachbarschaft auf allen Beinen und brüllte: »Gestern noch ein Ei geborgt, heute endlich ausgesorgt!«

Nur die Vollmondchemikerin Maja Lunarskaja blickte nüchtern von ihrer Halbmansarde aus auf die ausgelassene Szene.
Sie haßte es, mit der Erprobung von Trickeimern und Nachtjuwelen, die bei Tageslicht erweichen, Geld zu verdienen.
Aber irgendwie mußte auch sie ihr Studium finanzieren. Besser so als durch irgendwelche Kneipenjobs ohne Bezug zur Realität.

Die Co-Produktion

Ofelia hatte ein Haus mit Wasserfarben gemalt.
Sie zeigte es den Freunden.
Die riefen: »Oh, wie dumm, Ofelia! Der nächste Regen wird dein schönes Häuschen ruinieren. Du hättest Ölfarbe nehmen sollen.«
»Ihr blöden Schnösel!« rief Ofelia. »Ich bin ein einfaches Facharbeiterkind. Mein Taschengeld ist sehr bescheiden. Wo soll ich Geld für Ölfarben hernehmen?«
»Du mußt Tennis spielen«, sagten die Freunde, »dann brauchst du gar nicht selber malen, sondern kannst dir eine schöne Kunstsammlung aufbauen. Wie Steffi Graf.«
Da stöhnte Ofelia wie Monica Seles und schlug mit der Faust auf die Freunde ein. Sie fühlte sich unverstanden wie alle großen Künstlerinnen.
Es fing an zu regnen.
»Bring dein Bild in Sicherheit«, riet ihr der Hase Walter, den sie großgezogen hatte.
Sie hörte nicht auf ihn und sah zu, wie die Natur ihr Werk veränderte.
Als die Sonne wieder durch die Wolken brach, freute sie sich.
»Selten sah ich schönere Verläufe«, lobte sie das Aquarell und strahlte es prächtig an.
Da war der Hase mächtig stolz auf seine Mutter und rief seine Freundinnen, die Hühner, an.
Denn Ostern stand schon vor der Tür.

Der Pickvogel-Report

Noch vor 200 Jahren gab es Pickvögel auf der ganzen Welt in rauhen Mengen. Was für uns die Spatzen sind, waren im Mittelalter die Pickvögel. Heute sind sie so gut wie ausgerottet. Es gibt nur noch einen einzigen: Den KAHLEN SCHORSCH.

Wie der Name schon ahnen läßt, hat er keine Federn mehr.
Er leidet unter chronischer Gänsehaut und ist wegen seiner Einzigkeit nervlich zerrüttet.
Rein äußerlich ähnelten die Vögel dem Geier, hatten ein unauffälliges, um nicht zu sagen häßliches, schmutzig-braunes Federkleid. Ihr fast ungenießbares Fleisch wurde nur in Hungersnöten als eine Art Sauerbraten akzeptiert.
Allerdings, was sie der restlichen Tierwelt voraus hatten, war ihr menschenhaftes Grinsen. Der treudoofe Blick, der jedes andere, auch noch so unterlegene Tier zum Attackieren einlud und jedem größeren, also auch uns Menschen, das Signal zum Abschlachten gab.
Unter diesen Voraussetzungen ist es ein Wunder, daß sich diese Vögel, wenn auch nur in Form von Schorsch, bis heute halten konnten.
Warum Schorsch seine Federn verlor, konnte nie eindeutig geklärt werden.
Führende Ornithologen stellten Zusammenhänge zwischen dem Beginn der letzten Mauser und dem

Ableben der schwarzen Else her, Schorschs Großmutter, zu der er zeitlebens ein inniges Verhältnis hatte.
Bis vor zwei Jahren lebte der letzte Pickvogel bei einer flüchtigen Bekannten, der Lotto-Fee Karin Tietze-Ludwig. Dann wurde der sympathischen, alleinstehenden Choreographin der Rummel um das Tier zu groß.
Seitdem die Bundespost eine Sondermarke mit dem Konterfei von Schorsch herausgebracht hatte, schlichen tagtäglich wildfremde Menschen um das Haus der scheuen Frau.
Alle wollten Schorsch mal live erleben. Ein paar Worte mit ihm wechseln. Mit ihm fotografiert werden und dergleichen.
Die vielfältigsten Angebote flatterten der Vogelfreundin ins Haus. Vom schlichten Talk-Show-Auftritt bis zur sechsstelligen Offerte eines namhaften Porno-Produzenten.
Kein Wunder, daß sie eines Tages nicht mehr konnte und Schorsch an einen Kölner Privatsender als Quizmaster verkaufte.
Doch vor den ersten Probeaufnahmen wurde der populäre Pickvogel von Tierschützern befreit und gelangte mit deren Hilfe unerkannt über die Grenze nach Frankreich und von Paris aus mit dem Flugzeug nach Neuseeland.
Schorsch wurde im Gepäck des Semiotikers Horst Adler entdeckt.
Die dortigen Beamten fragten: »Is this your bird?«
Und Horst sagte: »Yes, this is my hobbybird.«
»Hobbybird?« fragte der Kontrolleur.

Horst versuchte, ihm weiszumachen, daß Schorsch gar kein Vogel sei, sondern eine Art Reproduktion. Er gab sich als Freizeit-Gentechniker aus. Mit dem DNS-Material längst ausgestorbener, urzeitlicher Vögel habe er dieses Tier geklont und wolle es nun neuseeländischen Kollegen zeigen.
Der Kontrolleur legte seinen Kopf zur Seite und sah sich Schorsch genau an.
Er war drauf und dran, Horst durchzuwinken, als Schorsch aufwachte und ihn ansah.
Sofort packte den korrekten Mann die Lust am Töten, und hätten seine zwei Kollegen ihn nicht zurückgehalten, hätte er das berühmte Tier gewürgt und sicherlich ermordet.
Nach diesem Vorfall übernahm ein Kollege die Formalitäten und sagte: »No, this is no hobbybird. Go back to Germany.«

Das war der Beginn einer monatelangen Odyssee rund um die Erde.
Sie ruinierte Horst seelisch und finanziell. Denn auf so viel Ablehnung wie in dieser Zeit mit Schorsch war er nicht vorbereitet.
Er spielte schon mit dem Gedanken, seinen Schützling in irgendeiner Wartehalle einfach zu ›vergessen‹. Um ehrlich zu sein, versuchte er es sogar viermal. Horst wurde aber jedesmal von freundlichen Menschen auf seine vorgetäuschte Schusseligkeit hingewiesen und mußte sich auch noch bedanken.
Die Lage war aussichtslos.

Horst kehrte nach Deutschland zurück und stellte sich der Polizei.
Er wurde noch am gleichen Tag einem Psychiater vorgestellt, und Schorschs Entführung beherrschte tagelang die Boulevardpresse. Der Vogel war ständig von Journalisten umringt und sollte alles ganz genau erzählen. Sagte aber nichts. Was natürlich Anlaß zu den wildesten Spekulationen gab.
So veröffentliche eine Zeitung den Liebesbrief eines japanischen Großindustriellen, der Schorsch angeblich in einem Tokioter Tierbordell kennen- und liebengelernt hatte und ihn um jeden Preis wiedersehen wollte. Den Schluß des Briefes bildete ein herzzerreißender Haiku mit der Anfangszeile: *Drei Diamanten grüßen Dich!*

Zwei Wochen waren seit seiner Rückkehr vergangen. Schorsch hatte immer noch kein Wort gesagt.
Es war schon merkwürdig, ihn, den letzten Pickvogel, dessen Artgenossen unbarmherzig ausradiert worden waren und der sein eigenes Überleben dem Einsatz einiger weniger Idealisten verdankte, ihn kannten nun alle. Und alle verfolgten sein Schicksal mit größter Anteilnahme.
Unter dem Motto ›Ein Lied für Schorsch‹ wurden im ganzen Bundesgebiet Galakonzerte gegeben, deren Reinerlöse dem stillen Tier den Lebensabend versüßen sollten. In zahllosen Diskussions- und Stammtischrunden war das Schweigen von Schorsch das beherrschende Thema.
Manche meinten, die erschütternde Odyssee hätte dem Tier die Sprache verschlagen. Manche mach-

ten den Schock der Heimkehr verantwortlich. Andere vermuteten eine Art Protesthaltung.
Ein Künstler besprühte zahlreiche Innenstädte mit der Parole: DAS SCHWEIGEN VON SCHORSCH WIRD ÜBERBEWERTET. Schließlich wurde der untalentierte Mann von einem ehemaligen Kaufhausdetektiv auf frischer Tat angeschossen, auf der Intensivstation des städtischen Krankenhauses verhaftet und zu einer intensiven Auseinandersetzung mit dem Werk der Philosophin Paula Klee verdonnert.

Schorsch schwieg derweil weiter.
Erste Stimmen wurden laut, die ihn undankbar und asozial nannten.
Bevor sie sich vermehren konnten, starb Klaus Kinski. Sein Tod im fernen Kalifornien fegte den Pickvogel mit einem Schlag aus dem öffentlichen Bewußtsein.

Der Wuppertaler Zoo erklärte sich bereit, Schorsch aufzunehmen.
Ein Architektenwettbewerb zum Bau einer Luxusvoliere wurde ausgeschrieben. Obwohl viele phantastische Entwürfe auf den Tisch des Zoodirektors flatterten, wurde das Projekt letztendlich stillschweigend begraben, aus, wie es hieß, Gründen der Sozialhygiene.
Wer weiß, wie neidisch Säugetiere, aber auch Vögel und Reptilien, reagieren können, kann diese Entscheidung durchaus gutheißen.

Kurze Zeit später gab der nordrheinwestfälische Ministerpräsident die Einführung digitaler Besucherleitsysteme in allen zoologischen Gärten des Landes bekannt.
Schorsch wurde erst wegen Platzmangels auf der Quarantänestation einquartiert, dann bekam er einen ganz normalen Käfig direkt neben Gitti, einem zänkischen Marabuweibchen.
Zur Verwunderung der Pfleger verstand sich Gitti mit Schorsch auf Anhieb gut.
Schorsch, der kein guter Esser war, überließ ihr oft sein Futter.
Abends standen Gitti und Schorsch stundenlang beisammen.
Gitti sprach angeregt auch über die intimsten Sachen.
Schon nach zwei Tagen brach Schorsch sein Schweigen und plauderte nun seinerseits wie jemand, dem das Leben endlich Spaß macht.
Und als sich nach drei Wochen auf seiner nackten Haut ein weicher Flaum bildete, riefen die Pfleger bei diversen Zeitungen an.
Sie wurden aber so lange weiterverbunden, bis sie Dienstschluß hatten.

Deshalb haben die meisten das Happy End des letzten Pickvogels nicht miterlebt.
Doch stimmt ja immer noch die alte Milliardärsweisheit, daß sich das Glück für die meisten überhaupt nicht interessiert.

Das Risiko

Ein Treppengeländer war altersschwach geworden. Es sollte abgerissen werden. Der Hausmeister wollte des Geländer behutsam auf das Ende vorbereiten.

Er streichelte es und sagte: »Du hast so vielen Menschen in all den Jahren beim Auf- und Abstieg Halt gegeben. Du warst so lange die Sicherheit in Person, daß dir jeder deine Ruhe gönnt!«
»Spar dir dein Gequatsche!« krakeelte das Geländer. »Ich soll abgerissen werden. Ich weiß es!«
»Von wem?« fragte der Hausmeister.
»Von der krummen Lanka«, rief das Geländer. »Sie sagte, ich sei ein Risiko.«
»Die krumme Lanka«, rief der Hausmeister, »ist ein elendes Schandmaul! Man sollte der Lanka was auf die Fresse haun, so etwas zu erzählen!«
»Ich bin also kein Risiko?« züngelte das Geländer.
»Nein«, sagte der Hausmeister. »Die krumme Lanka lügt.«
»Man sollte ihr was auf die Fresse hauen«, sagte das Geländer.
»Ja«, sagte der Hausmeister und stieg die vier Treppen zur Wohnung der krummen Lanka hoch.
Noch bevor er die Türglocke betätigen konnte, öffnete die Alte und schrie laut und schrill: »Hat dich das Geländer geschickt, um mir die Fresse zu polieren?«
Der Hausmeister war überrascht und sagte: »Aber

Frau Lanka! Wie kommen Sie denn darauf? Ich sprach mit dem Geländer, das ja! Und dabei kam die Sprache auch auf Sie, das ja! Und das Geländer sagte: Ach ja, die liebe Frau Lanka! Als Kind ist sie schon bis in den Keller auf mir hinuntergerutscht. Das waren noch Zeiten!«

Der Hausmeister zog ein weißes Taschentuch hervor und schneuzte sich.

»Und weiter?« wollte die Lanka wissen.

»Und weiter?« wiederholte der Hausmeister. »Ach ja! Und dann sagte das Geländer: Was glauben Sie, Herr Tusch? Würde Frau Lanka mir den Gefallen tun und nochmal auf mir bis in den Keller runterrutschen?«

Die Alte wurde sentimental und wischte sich mit einem schmuddeligen Taschentuch fünf Tränen aus den Augen, zwei links, drei rechts.

»Herr Tusch«, sagte sie dann, »ich weiß nicht, ob ich das schaffe. Ich bin nicht mehr die Jüngste.«

»Aber Frau Lanka«, schmeichelte der Hausmeister, »Sie ham doch Beine wie Marlene Dietrich!«

»Wer sagt das?« fragte die krumme Lanka.

»Alle«, sagte der Hausmeister.

Die krumme Lanka sah ihn unbehaglich an.

»Es ist nicht schön, mit einer Verräterin verglichen zu werden«, sagte sie dann leise.

»Oh!« rief der Hausmeister. »Ich meinte nur die Beine.«

»Nur die Beine...«, wiederholte die Alte nachdenklich, als überlege sie, wie verräterisch die Beine einer Verräterin sein könnten.

Der Hausmeister setzte nach: »Frau Lanka, ich

könnte Ihnen ja behilflich sein. Ich könnte Sie anheben und festhalten. Seien Sie nicht so hart! Es ist der letzte Wunsch des armen Geländers, das letzte...«

»Schon gut«, unterbrach ihn die Alte.

Sie nahm die Wohnungsschlüssel vom Haken, schloß die Tür und schwang sich mit einer unglaublichen Gelenkigkeit auf das Geländer, ohne die Hilfestellung des Hausmeisters abzuwarten.

Ihr Schwung war so groß, daß sie das Gleichgewicht verlor und in die Tiefe stürzte.

Alles ging sehr schnell.

Das Geländer wurde aus seinen Träumen gerissen. Es träumte von der Zeit als junges Bäumchen.

»Was war das für ein Schrei?« fragte es noch ganz verzaubert.

»Die krumme Lanka,« sagte der Hausmeister. »Sie ist tot.«

»Man sollte ihr was auf die Fresse haun«, gähnte das Geländer und träumte weiter.

Der Hausmeister eilte zum Telefon.

Er wählte eine Nummer.

»Uschi«, rief er, »die Wohnung wird bald frei. Der Rest wie abgemacht.«

Dann rief er einen Krankenwagen. Dann lief er laut nach unten.

Der Automatentorso

Ein Automatentorso lag am Straßenrand.
Die Hunde pinkelten ihn an.
Das Wetter kannte kein Erbarmen.
Da hielt ein Wanderer an.
Er wollte aus archäologischem Interesse den Automatentorso identifizieren und drehte ihn von einer Seite auf die andere.
»Laß mich in Frieden«, stöhnte der Automatentorso. »Ist Hundepisse nicht schon schlimm genug? Langt nicht der saure Regen, der ätzende Schnee? Müssen mich auch noch Archäologenpfoten piesacken?«
»Huch«, rief der Wanderer, »ich wollte dich nur identifizieren, um dir deine ursprüngliche Würde wiederzugeben. Aber wenn du so überempfindlich reagierst, spar' ich mir die Mühe. Meine Zeit ist kostbar. Guten Tag!«
Damit hatte der Automatentorso nicht gerechnet. Ihm blieb vor Schreck das Herz fast stehen, und bevor er etwas sagen konnte, war der Wanderer über alle Berge.

Der Automatentorso weinte bitterlich und haderte mit sich und seinem unnatürlichen Verhalten: Warum konnte ich nicht einfach Hallo sagen? Warum konnte ich nicht einfach sagen: Guten Tag, ich bin der American-Grabsch-Automat Thomas!
Und der Wanderer hätte vielleicht geantwortet:

Kennen wir uns nicht von der Raststätte Seesen?
Und ich hätte geantwortet: Kann sein. Kann sehr gut sein.
Der Automatentorso brach erneut in Tränen aus.

Eine diebische Elster kam angeflogen und packte ihn.
»Du dummes Tier«, schluchzte der Automatentorso, »hast etwas blinken sehen und dachtest an ein Schnäppchen. Das sind nur meine Tränen, flieg weiter. Ich bin zu groß für dich und rostig bis zur letzten Mutter.«
»Ja«, rief die Elster, »ich sehe meinen Irrtum ein. Du bist wirklich viel zu groß für mich, und deine schicken Teile haben schon andere abmontiert. Meine Augen lassen nach. Ich bin nicht mehr die Jüngste. Wenn du nichts dagegen hast, ruh' ich mich ein Weilchen auf dir aus und flieg dann weiter.«
»Was soll ich dagegen haben?« schluchzte der Automat gerührt von so viel Menschlichkeit.
»Weiß nicht«, krächzte der schwarzweiße Vogel, »aber steht nicht in der Bibel: SIEHE, ES WERDEN TAGE KOMMEN, DA REAGIERT SOGAR DER LETZTE SCHROTT SENSIBEL?«
»Weiß nicht«, sagte der Automatentorso und freute sich, einen so gebildeten Gast zu haben.

Willis Frau

Willi Vanilli hatte als Rüstungsexperte angefangen, war aus dem Marlboroabenteuerteam wegen Feigheit rausgeflogen und hatte dann als Geisteswissenschaftler ganz von vorne angefangen. Seine berühmteste These hatte in groben Zügen so gelautet: »ALLE DDR-SCHRIFTSTELLER SIND ARSCHLÖCHER, EGAL, WO SIE LEBEN.« Das war damals eine so gewaltige Behauptung gewesen, daß niemand sie ernstnahm. Deshalb wandte Willi sich einer anderen Berufsgruppe zu. Das waren die Politiker. Auch hier mündeten seine Untersuchungen in die gleiche Richtung, was seinen Ausschluß aus der CDU bewirkte. Über Richter, Arzt und Profifußballer kam er schließlich zum einfachen Arbeiter, aber unterm Strich stand immer dasselbe, und Willi wurde müde. Er wurde Schlafforscher und stellte fest, daß Schlaf sich nur dann lohnt, wenn der Schläfer wieder aufwacht. Nun wurde eine breite Öffentlichkeit auf ihn aufmerksam. Man stellte ihn auf eine Stufe mit Karl Dall, und Willi schrieb sein wohl bekanntestes Buch: »Wie ich wurde, was ich bin«. Es war eine brutale Abrechnung mit seiner eigenen Vergangenheit. Als Vorwort wählte er den Camus-Satz: »Brutalität empört, Dummheit entmutigt«, und jeder, der das Buch gelesen hatte, legte es empört und mutlos zum Altpapier für's Rote Kreuz. So kam es, daß die ganze erste Auflage des Buches beim Roten Kreuz landete. Das Rote Kreuz schrieb

Willi einen Brief und fragte an, ob sie die zweite Auflage nicht direkt beim Verlag abholen könnten. Willi fand die Idee großartig, und auch der Verlag sah hier eine Möglichkeit zur Imagepflege. Von da an schrieb Willi nur noch für das Rote Kreuz. Da passierte ihm bei der Niederschrift seines autobiographisch gefärbten Lyrikbändchens »Quietschende Reifen« ein Mißgeschick. Aus Verärgerung über einen Tippfehler erschlug er seine Schwiegermutter, die er über alles liebte. »Was hab ich angerichtet«, stotterte er angesichts der Leiche, und seine Frau flüsterte entsetzt: »Du hast die Mutti totgemacht.« »Was«, schrie Willi, »ich soll die Mutti ermordet haben? Du warst doch in der Küche, als es passierte. Paß auf: Unsere technisierte Umwelt hat Mutti zerstört. Hätte ich wie die Menschen früher, sagen wir mal Goethe, mit einem Federkiel geschrieben, würde Mutti jetzt noch leben.« »Ja«, sagte Willis Frau und holte aus dem Zimmer ihrer Mutter die kleine Lenin-Statue aus Bronze und schlug sie Willi auf den Kopf, bis er so weich wie eine Birne war und rot wie Blut. »Ist da die Polizei?« fragte sie am Telefon. »Ja«, sagte die Polizei, »was ist denn los?« »Meine Mutter«, sagte Willis Frau, »hat der technische Fortschritt zerstört, und meinen Mann hat der Kommunismus erschlagen.« »Na und«, sagte die Polizei, »so ist das Leben. Gestern noch munter, heute schon drunter. Am besten, Sie vergessen die Geschichte schnell und gehn mal an die frische Luft. Es ist schon ungewöhnlich mild für diese Jahreszeit. Ha'm Sie keinen Park in Ihrer Nähe, einen kleinen Park mit Krokussen?« »Hab ich«, sagte

Willis Frau, »da geh ich nachts immer hin.« »Nachts«, staunte die Polizei. »Ja, ja, zum Pinkeln«, sagte Willis Frau. »Natürlich«, sagte die Polizei, »zum Pinkeln... Ha'm Sie denn zu Hause gar kein Klo?« fragte der Beamte. »Doch«, sagte Willis Frau, »aber Krokusse, die gibts doch nur im Park.« »Sie pinkeln also nachts, wenn alles schläft, auf die Krokusse«, folgerte der Mann. »Auch auf die Schneeglöckchen«, ergänzte Willis Frau. »Sie können mich dabei ja mal mit ihrer Video-Kamera filmen. Oder haben sie keine?« »Doch, doch«, versicherte die Polizei, »nur Lampen hab ich keine.« »Borgen«, sagte Willis Frau, »und bringen Sie Ihren Schlagstock mit. Das kann nicht schaden.« Gegen Mitternacht traf der Beamte am Schneepark ein. Er baute seine Lampen auf und schaltete sie ein. Zwei Leichen lagen auf dem Rasen. Er zog den Knüppel und untersuchte die Kadaver. Eine Streife wurde durch das grelle Licht angelockt. Sie nahmen den Kollegen fest und sagten angewidert: »Klaus, du Sau.«

Mannis großer Coup

Manni Spanner hatte 12 Jahre in einer Bolle-Filiale als Mädchen für alles gearbeitet, als ihm beim Regalumbau eine Büchse mit südafrikanischer Orangenmarmelade auf den Kopf fiel. Der Schmerz versetzte ihn derart in Rage, daß er die scharfkantige Büchse aufhob und sie blindlings in die Süßwarenabteilung feuerte, wo sie den Unterleib des Filialleiters streifte, der dort mit einem Milka-Fan palaverte. Schon zehn Minuten später stand Manni auf der Straße. Die Autos fuhren links und rechts an ihm vorbei, und viele hupten. Manni aber starrte auf den Mittelstreifen. Es war für ihn nicht einfach, sich mit der neuen Situation anzufreunden, und so kniete er sich erstmal hin, zückte seinen dicken Faserschreiber und schrieb etwas zittrig ›Manni was here‹ auf das erste Streifenstück. Beim zweiten gings schon etwas besser, und beim ca. achten hatte er seinen gewohnten Schwung schon wieder, und hätte ihm nicht ein Bierlaster beim Überholen den Filzstift ruiniert, wer weiß, wie weit es Manni noch gebracht hätte. Doch manche Tage sind nun einmal wie verhext, auch wenn sie gar nicht danach aussehen. Manni wußte das, und er beschloß, ein wenig Sauerstoff zu tanken. Er setzte sich in einen Bus und fuhr zum Ochsensee. Der Sage nach war hier in grauer Vorzeit mal eine Prinzessin von einem Ochsen angepöbelt worden. Manni setzte sich ans Ufer und sah den badenden Hunden zu, wobei ihn hin und wieder etwas zwickte. Manni schloß die Augen und ließ sein bisheriges Leben im Schnelldurchlauf Revue passieren. Dabei lächelte er oft. Das Zwikken wurde heftiger. Manni schob es auf die Sonne und löste seine Gürtelschnalle, um sich vollends zu entspannen. Doch das Zwicken wurde immer schmerzlicher, und schließlich mußte Manni realisieren, daß ihm jemand in die Wangen kniff. Es war seine frühere Stiefmutter Linda, die mit ihrem Königspudel Michael auf Brautschau war. »Linda«, sagte Manni, »du hier?« Linda standen vor Rührung die Tränen in den Augen. Sie hatte Manni noch als Kleinkind in Erinnerung. »So groß geworden bist du also«, flüsterte sie dann und schnallte Mannis Gürtel zu, »laß dich doch einmal ansehen!« Sie drehte Manni ein paarmal schnell um seine eigene Achse, so daß ihm etwas übel wurde. Auch Michael war nun herangekommen. Er hatte das Interesse seines Frauchens an dem fremden Mann bemerkt und schnupperte an Mannis Hosenlatz. »Wie ist es dir ergangen, Manni?« fragte Linda frisch. »Du meinst im Leben?« fragte Manni erst einmal zurück. Er streichelte den Kopf des Pudelrüden und versuchte, seine Schnauze unauffällig beiseite zu schieben. Das Tier war unnachgiebig. Manni holte einmal tief Luft und log sich einen anständigen Lebenslauf zurecht. »Na prima«, sagte Linda, »das freut mich ja für dich. Reliquienhändler…, das ist doch eine feine Sache. Da brauchst du dir um deine Zukunft keine Sorgen zu machen.« Manni nickte. »Sag mal«, fuhr Linda fort, »wir könnten doch bei mir noch einen Kaffee trinken.

Ich hab ein kleines Häuschen in der Nähe. Oder hast du keine Zeit?« »Doch, doch«, nuschelte Manni, und Linda nahm den Pudel an die Leine. Es wurde ein gelungener Nachmittag. Die beiden plauderten und scherzten, und als Linda ihre Fotoalben wieder in die Abstellkammer brachte, sah sich Manni auf dem Kaminsims um. Da lag ein knochiges Gebilde. Manni nahm es, roch daran und wollte es gerade wieder zurücklegen, als Linda in das Zimmer kam und schrie: »Was machst du da?!« »Ich hab mich nur ein bißchen umgesehn«, gab Manni völlig verunsichert zurück. »Nur umgesehn?« rief Linda wütend, »du hast den Knochen untersucht!« »Ich hab ihn nur beschnuppert«, versuchte Manni seine Exverwandte zu beruhigen. Es half nichts. Sie rief Michael zu Hilfe und befahl ihm, Manni zu bewachen. Dann verschwand sie und kehrte erst zwei Stunden später mit einem Killer wieder. Der bot Manni eine tödliche Zigarre an. »Nein, danke«, winkte Manni ab, »Zigarren sind mir viel zu dick.« Der Killer wurde nervös. Er rannte in die Küche. Linda rannte hinterher. »Was machen wir jetzt?« fragte sie den gereizten Mann. »Du Schlampe«, brüllte sie der Killer an, »wie konntest du so unvorsichtig sein!« »Ich hatte ihn schon eingepackt«, schrie Linda, »Michael muß das Päckchen entdeckt und wieder aufgebrochen haben. Er ist so schrecklich verspielt.« »Verspielt, verspielt!« brüllte der Killer. Er riß die Küchenwaage von der Wand und schlug damit auf Linda ein. »Hör auf«, schrie die verletzte Frau, »das bringt uns auch nicht weiter.« Der Killer hielt inne: »Bist du dir sicher, daß der Kerl das Schambein der heiligen Hannelore erkannt hat?« »Todsicher«, sagte Linda, »er ist ein Fachmann. Und morgen früh ist die Auktion im Dom von Düsseldorf! Wir müssen ihn sofort beseitigen, sonst ist alles aus.« »Laß uns was Schlimmes mixen!« schlug der Killer vor, »hier ist ein Fläschchen Kümmerling. Dazu zwei ausgepreßte Kakerlaken und ein Tröpfchen Katzensaft. Das hat noch niemand überlebt.« »Na also«, sagte Linda trokken, »laß uns die Kakerlaken suchen!« Manni hatte sich unterdessen mit Michael angefreundet. Er kraulte ihm die Hoden und konnte so in Ruhe das Gespräch der beiden Kriminellen verfolgen. Die Gefahr, in der er schwebte, war ihm jetzt voll bewußt. Während er Michael mit der linken Hand verwöhnte, zog er mit der rechten seinen Gürtel aus, machte daraus eine Schlinge und legte sie dem entrückten Rüden um den Hals. Dann zog er sie solange zu, bis Michael ohnmächtig war. Auf Zehenspitzen holte er die Reliquie vom Sims und floh durch die unverschlossene Haustür lautlos in die Freiheit. Als er Lindas Porsche passierte, sah er, daß die Zündschlüssel noch steckten. Er zögerte keine Sekunde. Im Morgengrauen tauchten am Horizont drei Türme auf. Die kannte Manni aus dem Lexikon. Das war der Dom von Düsseldorf, kein Zweifel.

Der Mumienkonflikt

Im März des Jahres 1993 wurden bei Erweiterungsarbeiten der Sparkassenzweigstelle Blech bei Dellingen drei äußerst gut erhaltene Mumien entdeckt.
Sie trugen vorchristliche Regenkleidung. Anscheinend waren sie bei einer okkulten Handlung von Erdmassen überrascht und bei lebendigem Leib begraben worden.

Es waren also keine Mumien im strengen Sinne, sondern eigentlich uralte Unfallopfer. Sie hatten sich, bevor sie die Regenkleidung angelegt hatten, mit Evergreenpaste eingecremt, einer ägyptischen Erfindung, die neben der sexuell stimulierenden Wirkung auch eine konservierende Komponente besaß.

Bevor sie ins anthropologische Zentrum nach Berlin weiterreisen sollten, wurden die drei Mumien, zwei Männer und eine Frau, zum Abfotografieren ins Dellinger Mumienmuseum gebracht.
Hier kam es zu dem inzwischen beigelegten Mumienkonflikt.

Als der Fotograf Joachim Deckweiß die Mumien unter der Regie des Museumsleiters Professor Gröntlich für ein Gruppenbild auf zeitgenössischer Auslegware arrangiert hatte, schlugen die drei ihre halbvermoderten Augen auf und riefen: »STOPPO!«,

was auf teutonisch so viel wie »Halt mal bitte an!« bedeutet.
Dem Professor und dem Fotografen wurde bei diesem Schauspiel selbstverständlich schlecht.
Die Blicke der Mumien hatten sich für immer in ihre Seelen gebohrt. Entgeistert rannten Gröntlich und Deckweiß durch die Stadt und riefen: »STOPPO! STOPPO!«

Als die Bürger Dellingens vernahmen, was geschehen war, bildeten sich, grob betrachtet, zwei Parteien.
Eine um den Fotografen Deckweiß, die sich das Wort der Mumien zu Herz nahm und keine Bilder mehr ohne deren ausdrückliche Genehmigung schießen wollte. Die andere Partei um Professor Gröntlich, die einen subjektiven Eingriff der wissenschaftlichen Objekte in die Beschäftigung mit ihnen grundsätzlich ablehnten.
Die zweite Partei heuerte einen anderen Fotografen an und machte faszinierende Aufnahmen, für die der Fotograf mit dem hochdotierten VÖGELCHENPREIS geehrt wurde.
Die Preisverleihung wurde von Protesten des Kollegen Deckweiß überschattet. Unterstützt von einem Sympathisantengrüppchen, bewarf er den Preisträger wie auch die Jury mit Billigkameras aus Fernost und mußte von Polizisten aus dem Saal getragen werden.
Durch diese Verzweiflungstat gelang es Deckweiß, das Gewissen der Gesellschaft wachzurütteln.
War die erste Reaktion in der Presse: »*Ein Rowdy*

mehr«, mehrten sich in den Tagen danach verständnisvolle Leserbriefe. Das gesunde Volksempfinden ging der Frage nach: »Was würden wir sagen, wenn wir erst einen Unfall hätten, dann tot wären und auch noch nackt fotografiert würden? Dazu von Leuten, die unsere UrUrUr...Enkel sein könnten?«

Empörung tobte über das Land, brauste über die Stammtische, fegte durch Talkshows und trug seine Fracht in jedes Haus. Kinder und Eltern schlugen aufeinander ein. Eheleute entzweiten sich oder machten gegen ihre Nachbarn Front, die noch den Standpunkt Professor Gröntlichs vertraten.
Gröntlich hatte auf einer Pressekonferenz im Ausland geäußert: »Diskretionszonen sind eine moderne Erfindung, die im Museum nichts zu suchen haben.«
Gerichte wurden angerufen, höchste Politiker und Industrielle meldeten sich zu Wort. Der Klerus stand auf Seiten des geschaßten Fotografen und empfahl den Gläubigen, in sich zu gehen.
Die Nation war gespalten.
Der öffentliche Nahverkehr brach zusammen, weil ein Großteil der Bediensteten sich weigerte, Fahrgäste zu befördern, die nicht den STOPPO!-Aufkleber trugen. Ähnlich reagierten die Müllmänner und die Frauen. Tonnen und Container ohne STOPPO!-Aufkleber blieben stehen. Das führte dazu, daß selbst Anhänger Dr. Gröntlichs die STOPPOS kauften und sich auf die Tonnen pappten. Diese perfide Taktik ließ die Müllmänner zum letzten Mittel greifen. Sie blieben zu Hause.

In diesem Ausnahmezustand meldeten sich die Mumien zu Wort.
Warum sie damit so lange gewartet hatten, wird ein Rätsel bleiben.
Professor Gröntlich verwies in diesem Zusammenhang auf die Ungleichung: AUFGEWACHT ≠ AUFGEWECKT.
Grundsätzlich und überraschend erklärten sich die Mumien mit Nackt- und Nahaufnahmen einverstanden. Schließlich hätten sie zu Lebzeiten ja vor Publikum den legendären Regentanz gezeigt.
Bei diesen Worten wurde den Wissenschaftlern klar, wen sie aufgegabelt hatten.
Es handelte sich eindeutig um die Geschwister Feuchter, eine sakralerotische Showtruppe, von der sogar die Römer schwärmten.
»Warum dann STOPPO?« fragte der dolmetschende Germanist.
»GROSCHO!« sagten die Mumien.
»GROSCHO!« rief der Germanist. »Die wollen Kohle sehen!«
Prof. Gröntlich sah Joachim Deckweiß an, und beide schämten sich.
An die Freiheit der Forschung, an die Menschenwürde hatten beide gedacht. Nicht aber an das Wichtigste. Das Geld.
So endete der Mumienkonflikt.
Prof. Gröntlich schloß mit den Mumien faire Verträge ab. Diese brachten der Teutonenforschung stattliche Beträge ein.
Nun schlossen die verfeindeten Lager bereitwillig Frieden, im Bewußtsein, von extrem cleveren Vor-

fahren abzustammen, die noch nach über zweitausend Jahren Atempause und mit halbvermoderten Augen den Blick für's Wesentliche nicht verloren hatten.